齐帆齐 著

# 追梦路上，让灵魂发光

文化发展出版社
Cultural Development Press

### 图书在版编目(CIP)数据

追梦路上,让灵魂发光/齐帆齐著.—北京:文化发展出版社,2018.12
ISBN 978-7-5142-2492-4

Ⅰ.①追… Ⅱ.①齐… Ⅲ.①随笔-作品集-中国-当代 Ⅳ.①I267.1

中国版本图书馆CIP数据核字(2018)第271456号

## 追梦路上,让灵魂发光

齐帆齐 著

| 出 版 人 | 武 赫 | | |
|---|---|---|---|
| 主 编 | 凌 翔 | | |
| 策划编辑 | 肖贵平 | 责任编辑 | 肖贵平 |
| 责任校对 | 岳智勇 | 责任印刷 | 杨 骏 |
| 责任设计 | 侯 铮 | 排版设计 | 浪波湾 |

| 出版发行 | 文化发展出版社(北京市翠微路2号 邮编:100036) |
|---|---|
| 网 址 | www.wenhuafazhan.com |
| 经 销 | 各地新华书店 |

| 印 刷 | 三河市华东印刷有限公司 |
|---|---|
| 开 本 | 787mm×1092mm 1/16 |
| 字 数 | 190千字 |
| 印 张 | 13 |
| 印 次 | 2019年1月第1版 2020年2月第2次印刷 |
| 定 价 | 49.80元 |
| ISBN | 978-7-5142-2492-4 |

如发现任何质量问题请与我社发行部联系。发行部电话:010-88275710

# 目　录

## 第一辑　我的生活我的路

那些往事　002

15岁那年的梦想　008

只和别人学，只同自己比　012

没有父亲的童年生活　015

因为这点，他们都说佩服我　021

婆婆也是妈　024

那年陪母亲交公粮　027

我曾渴望远离家乡　031

我们都不曾天高地厚过　034

从流水线工人到自由写作者　038

那些年住过的城中村　044

全职写作那些事儿　048

## 第二辑　谁的逆袭不带伤

我的美食达人二妹　052

与君成悦：世间的美好都不如你　057

一个从大山里走出来的女孩　069

她不当大学教师，只为追逐
　　诗意自由的人生　　080
陕西"三毛"，从落榜生
　　逆袭成知名作家　　091
她如何从一个灰姑娘
成为住在玫瑰城堡里的公主？　096

　　　　　第三辑　追梦人
美丽的"丁香姑娘"　　106
在北欧生活的庶人米　　113
她把乡野生活过成了桃花源　118
她是如何从毛毛虫变成蝴蝶的　126
湖北又出了个"范雨素"，
　　这次是男的　　130
　　靠写文字，
他们实现了阶层逆袭……　136
业余写作出版31本书的成功企业家　140
　　很有收获的一天　　153
煎饼大妈月入三万，你也想试试吗？　158
　　你是被思维方式所束缚　　162

## 第四辑　能飞多远就飞多远吧

懂懂和他的《懂懂日记》　166
卖面条的夫妻年入20万　172
他如何从建筑工人到创业公司老板　175
特殊的工作体验　179
从砍柴工到搞工程的小舅　185
开油漆店的朋友　189
开花蛤店的温州人　192
爱读书让她成为武汉电缆销售大王　195

## 第一辑　我的生活我的路

## 那些往事

记得著名作家铁凝曾说过,她最喜欢逛菜市场,这里有着浓浓的烟火气,这里是真正的人间烟火味,是最接地气的地方,可以看到人间百态。

很小的时候,菜市场对我而言是陌生的词,家里只吃菜园地里自己种的菜,或者是咸菜,从来不买菜。再大一点,知道菜市场是可以赚钱的地方。

在我会骑自行车时,常常同妈妈去我们桐城街上卖菜,把一个菜篮子绑在车子后面,妈妈跟后面走,因为妈妈不会骑自行车。我尝试着让妈妈坐在车子后面提着篮筐,但她总担心我会累坏身子,坐一下就不肯再坐。

我推着车,有时再骑一下等妈妈,印象最深的是,在一场雨后,家里地里的豇豆长出了很多,妈妈得意地说,地里的豇豆像扯挂面,明天我们一早去街上卖,听说最近大概可以卖一块钱一斤。

那天早上三点多,妈妈就喊我起来,我们摸黑推着车到街上时,天刚蒙蒙亮。可谁知道，我们一到市场，就听大家聊天说，豇豆跌价跌到三毛了。原来，一场雨水之后，菜农的菜都长出来了，菜价很快就下跌。我见到，妈妈眼里是掩饰不住的失望。

我们刚把菜篮摆好，市场管理员就来收费，交上了三毛钱的摊位费。由于我们只带了几个旧食品袋，没有新食品袋，我去边上买几个新食品袋，又花了五毛钱。等了半天也没有人购买，我和妈妈只得沿街推着车叫卖，那筐豇豆最后是以每斤0.25元的价格卖给了一家饭店。我还吵着肚子饿，花一元钱买了四个包子，妈妈一个都舍不得吃。那天到家就赚了四五块钱。

妈妈不识一个字，很多时候办事都喜欢带着我，依赖我，比如去卖菜，去交公粮，需要记账的地方，等等，她心里好像没有安全感似的，而少不更事的我，因此常常在妈妈面前顶嘴，甚至是蛮不讲理，压根不听她话，总为自己有这样无用的妈妈而自卑、生闷气。

之前妈妈一个人卖菜，还被别人骗过，白忙活一番。每斤菜都会耗费很多精力心血，为此，奶奶劝说妈妈，不要一个人去卖东西。

妈妈讲话时，有些口齿不清，我读书时，特别不希望她去我学校，不希望任何同学知道她。其他孩子受欺负了，总喜欢回家跟妈妈讲，而我从来不讲，因为即便讲了也没用，妈妈只会劝我让着他们，而且那些大孩子也不怕我妈妈。

1998年，金融危机，所有农作物都不值钱，鸡蛋、黄豆、菜都大幅跌价，100斤的稻谷只能卖35元，交公粮就得交走一半。

那年真是过得艰难，大年三十的前一天，我和妈妈在街上卖米、卖菜，寒风吹得人瑟瑟发抖，家里却等着那钱过年。

那年还发大水，很多地方受灾，村里发了些救济的衣服到我家，比我们平常穿的要好很多，我们姐妹很开心地试穿，妈妈却让我们留着开学或走亲戚时穿。

我初中毕业时流行南下打工,都说南方打工可以赚很多钱。但那时出门的路子很少,远不比现在网络发达,有很多机会可以选择,而我们那时得四处求人带。

我的发小燕子,和我同一年出远门打工,她爸爸腊月里就找好人选,请他们带燕子去打工,为此,她父母那年帮别人干了好多农活,把那家当恩人似的对待,只想燕子在外面能稍微好点。

那些年打工的行情就是这样的。

当燕子确定好出门日期时候,我还在家里,不知道跟谁出去,非常着急,直到正月去亲戚那儿拜年时,亲戚家给我介绍了位师傅。比我大12岁的一位女子,她看到我时貌似很满意。

那些年,沿海的工厂,很多人都是专门带徒弟的,自己干活得到一份收入,再带几个徒弟干杂活,一年可以赚两三万到家,有的更多。有个老乡带12个徒弟,相当于12个徒弟都帮他赚钱。

当师傅的自然喜欢徒弟能吃苦,看起来越老实,越穷苦出身的,师傅越喜欢。因为你想赚钱,不会受不了苦,半途而废,闹着跑回家。

我提前一天住在师傅家,因为她家离火车站不太远,同去的还有另一个女徒弟。第二天一大早,我妈妈突然出现在师傅家门口,我感到很惊讶,因为妈妈走过来,至少要一个多小时。

那时没有公交车,妈妈是给我送身份证来的,头天晚上她才收到身份证,之前一直没有办下来。妈妈说她四点多就从家里起身,怕我们坐火车走了赶不上。记得那天早晨,妈妈眼眶红红的,她舍不得我出远门吃苦,又没有办法。我是家中的老大,家里好多识字的地方需要我。

就这样,我开启了人生里的服装厂女工生涯,路费是师傅垫的,我兜里揣着妈妈前几天卖头发的20元钱,妈妈心爱的长发养了好几年,为了我,无可奈何地剪了。

还有奶奶,也给了我五元钱,奶奶的零花钱全是大伯给她的,大伯是吃商品粮的，因为大伯年轻时当过两年兵，后来分配在安庆化肥厂工作，大伯把该补贴的柴米油盐，就直接折合成现金给了奶奶。

奶奶知道我家穷得可怜，一个月三四块钱的电费有时都拿不出来，她把自己手上那点零花钱抠着用，大多贴给我家了，自己常常好几个月都不买肉吃。记得她曾唠叨说，你妈跑了一个村庄都没能借到五块钱电费钱，想想都寒心。最后奶奶知道这事，把仅有的零花钱全掏给我妈交了电费。

小时候，我家的电费是全村最少的，用的是20瓦的带钨丝的那种灯泡，昏黄昏黄的弱光。为了节省电费，两间屋子用一个灯泡，挂在两屋之间的门框边。

出门第一年的腊月回家，带燕子打工的师傅给了她2000元，她父母非常满足，甚至要退500元回去。其实我们都在家学过缝纫机，只是为了有人带，找个靠谱的工厂，学几天电动平车就可以。

我的师傅给了我1000元，我们都是在福建，只是不在一个镇，他们厂做的是夹克，我们厂做的是非洲人穿的沙滩短裤，价格不同，师傅收入不同，工作时间每天都是十六七个小时，赶货时还不止。

在我所在的那个厂，我师傅对我算很好的了，从不大声说我，我干活速度很快，她也很知足，更不会像别的师傅那么凶，甚至打人。

师傅每个月会给我45元，那1000元工资是到年底回家才有。45元是买早餐和日用品的费用，早餐我常常不吃，洗衣粉更是舍不得多用，5毛钱的小袋洗发水，竟能用三次，也不敢留长发。

省了再省，每月写信回家时，就可以在信里放上10元、20元，最高的一次放过50元，妹妹收到信后，欢喜地把钱交给妈妈，那应该是她们在贫瘠岁月里最幸福的事儿了。

在福建打工时，休息日特别少，除非是端午和中秋，或者偶尔的停电，一年加起来不会超过6天。难得有休息日会和老乡去菜市场逛逛，那里有卖各种海鲜、服装、小吃的，音响里唱着流行歌曲，大街上都是操着各种方言的打工仔、打工妹们，统称为"农民工"。

那些年在福建打工的，主要是安徽、江西、四川、贵州的人。

每次路过菜市场，我就会想起妈妈，不知道她一个人还会去卖菜吗？会不会有人因为她不识字趁乱再欺骗她？还是她和妹妹一道去？

即便是现在我去菜市场，也不知道为什么，脑子里总会出现妈妈的模样。

世事无常，命运弄人，妈妈在2002年不幸永远离开了我们。

那年，家里盖了三上三下的楼房，小妹就快初中毕业，我第二年开始，独自做衣服，一年下来可以赚6000多元，二妹也已出来打工，家里的生活逐渐有了好转。

再不用像过去那样，妈妈把"人死得，穷不得"挂在嘴边，再不用外面下大雨家里下小雨。家中用上了亮堂堂的日光灯，土地也变成了水泥地，过年杀猪时也可多腌点腊肉了，不用再像过去那样，过了正月十五，家里没有一点肉，全都卖了留作学费。

这些都是我妈妈的心愿。

当妈妈的全部心愿差不多可以实现时，她却突然间突发急性脑膜炎，永远地离开了我们。命运真是要多无情就有多无情……

那些天，我都是恍惚的，分不清是梦还是现实，大悲无言，我竟然没怎么哭。只是这些年，一想起妈妈，我甚至会在黑夜里泪流满面。

妈妈短短的一生，难道就是为了把我们姐妹三个人带到这世界上吗？

2003年，种田地不用交公粮，不用交农业税、水费，再后来，我们那土地流转，家家不用辛苦地种田地。更重要的是，我们都长大了，不需要再低声下气，卑微地到处借钱度日。

尤其是为人母后，我更体会到母亲的种种不易。如果母亲还在，我肯定再不会和她顶嘴，再不会说她为什么没有别人母亲有本事，再不会学她讲话，笑她话都说不好。但是，人生没有如果了。

当我们懂得这些时，母亲已永远离开了我们，离开了这个她还没看明白的世界。人间最悲痛的事，莫过于此。

心痛、心痛、心痛……

多羡慕那些五六十岁，父母都依然健在，子孙满堂，享受着天伦之乐的人。

每一头白发何尝不是命运的恩赐？

我这一生，因为失去了苦难中倔强生活的妈妈，即便是未来发展得再好，抑或是我的子女发展得再好，我的幸福都从一开始就大打折扣，我的人生再没圆满。

祝福天下所有母亲，天天都能幸福快乐！

妈妈，如果可以选择来生，我一定要再做您的女儿，报答今生没有来得及报答的养育之恩。妈妈，如果有来生，我一定做一个让你自豪的女儿。妈妈，您听见了吗？

夜夜想起妈妈的话　闪闪的泪光鲁冰花
天上的星星不说话　地上的娃娃想妈妈
天上的眼睛眨呀眨　妈妈的心呀鲁冰花
家乡的茶园开满花　妈妈的心肝在天涯
夜夜想起妈妈的话　闪闪的泪光鲁冰花
啊　闪闪的泪光鲁冰花
啊　啊　闪闪的泪光鲁冰花

## 15 岁那年的梦想

每次看到家里那台缝纫机,就想起了很多往事,如同电影镜头一样,一幕幕浮上眼前。

在二十世纪七八十年代,缝纫机、手表和自行车被统称为"三大件",拥有其中一样,就会觉得十分荣耀体面。那时的人们,结婚时以三大件为标准,如同现在的有房有车。

我接触缝纫机,是在 15 岁那年。初三预选前,我已辍学回家,在堂哥的工厂里做啤酒套,那时候,一天能挣 8 元钱左右,很是开心满足。

可是好景不长,后来堂哥的厂停办了,小姐妹们都去街上拜师学缝纫技术。

那些年,小姑娘流行学缝纫、理发,男孩子流行学油漆、木匠、装潢技术,老人们都说大荒年饿不死手艺人。

看到小伙伴们都去学缝纫,大家都谈论去外面做服装,是如何如何赚钱,而我从堂哥办的工厂回来后,不知道干吗,因为家里没有钱买缝纫机,找师父还要交押金。

听小伙伴们说，一台蝴蝶牌缝纫机要420元，还得配把大剪刀，要22元，一共近450元，加上押金，对于我家来说，这是笔很大的开销。

看着小伙伴们每天骑自行车早出晚归学手艺，我的心里无比羡慕，那时候也不怎么懂事，天天就吵着我妈妈去买缝纫机，妈妈说家里没有钱，我就让她去借。

我说某某家很有钱，你去帮我借嘛，一直吵，一直哭不停。看得出我妈是不想去的，谁愿意低声下气地去问人家借钱呢！被我吵得实在没有办法，妈妈那晚才出去，找屋后人家借钱，他们家没有上学的，都已在打工，结果还是没借到钱。第二天晚上又换了一家借钱，还是没借到……

后来我妈决定坐车去我小姨家借钱，小姨家在另一个县城。我小姨父一直在山区小学当老师，在当时的环境里，相对来说收入比较稳定一点。

小姨看到我妈大老远来借钱，也知道周边肯定是借不到了，很是心酸，她拿出自己积攒很久的500元钱给我妈，还给了几个小板凳，并买好车票送我妈上车。

小姨还嘱咐我妈说不要着急，这个钱就让帆儿打工赚钱后再还。

妈妈回来可开心了，一个劲儿地唠叨还是自己家亲妹妹好，跑了那么多家，一分钱都借不到，小时候没有白带她。

还记得那天去桐城街上买缝纫机，我们挑了台蝴蝶牌缝纫机，和一把张小泉牌的21号大剪刀，还价下来，一共420元，那是我们家很像样的大物件了。

我每天小心地擦拭它，如同心头宝贝，还用布罩小心地罩起来，唯恐弄脏了它。

经人介绍到镇上一家裁缝店学习，那天，妈妈挑着缝纫机，走着送我到裁缝店去的。店里还卖布匹、床单、窗帘等，店里已有六个师姐妹。

师傅 30 岁左右，风姿绰约，被称为镇上四大美女之一。她主要负责裁剪，接待顾客，做衣服及其他杂事都由几个大师姐做。

刚到裁缝店，我就是挑挑裤子的脚口边，锁锁扣子眼，或者哪里有需要拆的就拆拆，每天还得帮忙照顾师傅家的小孩，给她家洗衣、拖地，这些都是我那时的主要工作。

那一年，我并没有做过任何整件衣服，最多只是上了几条裤腰头。后来师傅热衷做窗帘生意。因为接一家单位的窗帘，就能赚七八千元。当时我们都佩服师傅，她不但长得漂亮，还非常有头脑，她是我们镇上第一家代卖布匹的裁缝，也是第一家把窗帘生意做起来的裁缝店。

我跳手跳脚地吵着买了缝纫机，感觉并没有学到啥，听到南方打工的人说，南方工厂用的是电机，叫"平车"，去工厂后还是要学习。

一年后，好不容易找到师傅肯带我出去，在家说好，车费她出，跟她干一年给我 1000 元，等于她给我带条出路，学会电机和厂里的服装工艺。

一天除了睡觉的五六个小时，其他时间都是在干活，人似机器，枯燥麻木。厂里另一对老乡夫妻，徒弟就有 12 人，一年能给他们赚好几万元，师傅们之间互相羡慕谁徒弟手脚快，因为工厂都是多劳多得。

感觉我们那一批人真是亏，没日没夜地做，一年的时间就像卖给了人家！

后来厂里有了流水车间，没有任何基础的人，由组长教两天踩电机，就能赚钱，而我们来这之前还苦苦地在家乡学了一年缝纫机。

后来我两个妹妹也去过我那厂，她们都是直接上机学习做衣服，每天多少有点收入，小妹第一年去服装厂做锁边，就赚了 7000 元回家。环境机遇各不同。

十多年的光阴呼啸而过，现在的服装厂都是电脑平车，可以自动切线，不会有多余线头，清爽平整，古老的缝纫机已很少有人用了。

讽刺的是，当年我们那些学缝纫机又外出学平车的姐妹们，花了那么多时间代价，如今却都没有再干做衣服这一行，或许都是做怕了吧……

若知道后来家里发生那么多变故，我离开学校后，应该直接去镇上刷子厂或猪鬃厂工作，而不是浪费两年多的时间，学所谓的缝纫技术。仔细算起来，在外面打工的工资，按工作时间算起来，也并不比在家乡工作高多少，只是后来大家为了可怜的面子，都不想再回老家工作。

传言中的别人在外赚了多少多少，毕竟是极少数。正月出门到过年才回家一次，错过多少家人之间的陪伴，凭添多少挽不回的疼痛。

我这人怎么就没有自己的主意呢！总是人云亦云，怎么开窍懂事那么晚呢！

家里的那台蝴蝶牌缝纫机已搁置多年，每每看到它，就想起15岁那年的青涩和无奈，想起那时做梦都渴望拥有的这台缝纫机。

那时候，天真的我以为拥有了这台缝纫机，就会变得非常厉害。以为出门打工三年，就可给家里盖栋宽敞气派的楼房，这就是我年少时光里的全部梦想。

后来这些梦想的确是实现了，但时间不止三年，而我失去的更多更多……

## 只和别人学，只同自己比

### 1

　　人世间，有很多人爱计较、爱攀比，他们喜欢盯着身边人，和他们比来比去，似乎看不到更广阔的星辰大海。

　　适当的比较有利于自己的进步，但过分的攀比只会让自己身心俱疲。

　　镇上有几位做生意的老板娘，她们喜欢一起去做美容，去逛商场，一起去健身房，表面上是一片祥和，其实暗地里互相较着劲。

　　背后谁也不认同谁好看，都觉得自己比对方优势多，自己的孩子更可爱更聪明，自己穿的衣服更显身材，每个人甚至都会觉得自己比对方年轻。

　　其实，人都会有一种幻觉，同是40岁的两个人，隔着几年遇见，总感觉对方比自己老。

　　犹如每对父母，就是觉得自己的孩子是最优秀、最可爱的，谁也不会认为自己的孩子比别人的孩子差，即便自己孩子的大脑智商并不高，她一样认为自家孩子小脑最发达，更有前途。

喜欢不自觉地放大自己以及和自己有关的人、事的优点，扩大对方的缺点。这是人类的共性。

有的女子喜欢比老公，比孩子，看对方老公收入如何，是否比自己老公更疼自己，一旦发现样样都比自己好时，心里就会不平衡，开始抱怨生活，抱怨老公，抱怨命运，不曾去想，有很多事是无法衡量高下的，每个人表达爱的方式也都不同，既然两个人能够走在一起，总归是有共性之处的。

而且别人所描述的，也未必就是她真正的感受，家家都有一本难念的经，生活都是喜忧参半，如鱼饮水，冷暖自知。

许多姗娌间喜欢暗暗较劲，你买了银耳环，我得去买个银镯子，你买了新上衣，我去买条新裤子。

是谁说过，女人和女人之间大多只有同情和嫉妒两种感情。这句话当然是言过其实的，但也说出了一点点现象。

电视剧《芈月传》中的芈月和芈姝开始是一对好姐妹，芈姝对芈月照顾有加，彼此掏心掏肺。却随着芈月的一步步得宠，好姐妹最后竟反目成仇，令人唏嘘。

攀比和嫉妒，让芈姝一步步走向万丈深渊。

# 2

写文字的人，有的也很喜欢同别人比较，比文章刊载了多少，刊载在什么报刊，比出版的书发行了多少万册，甚至比粉丝比人气，等等，所谓文人相轻。

这有啥好比呢！

每个人写作风格不同，写作动机不同，有的人纯粹是我手写我心，写作这条漫长道路，未来会如何都是未知的，谁也无法看到终点风景，乐观坦然写自己的作品才是正确的做法。

现在没写出名堂的，未必将来还不会，现在在业内红透了、在某个平台红火了，未必就能一直火下去，在 A 平台默默无闻的，或许会在 B 平台风生水起，写作这条路有无限想象的空间。

比来比去，最终比的是谁身体更健康点，这才是硬道理。

"爱攀比，爱嫉妒"在生活中无处不在。它能给人压力，也能给人动力，但如何把握那个度，需要我们去正确把握。

人生太短暂，少把焦点放在别人身上，多关照自己的灵魂，多注重自己的成长，只和别人学，只同自己比。

多锻炼身体，早睡早起，保持好心态，开心工作，快乐生活，这是最正确的人生态度。

沃兹基硕德说：不论你是谁，少说都有三分野心。没什么好遮掩，野心本身就是一种追求更好生活的意愿。但太过好胜，也是一种病态。是把一切快乐都建立在输赢之上。要强的人生不争强。抗争和妥协，一样都不能少。生活就是这样，一半要争、一半要退。缺了哪一半，都难顺心。

生活中，有人喜欢评价和对别人指指点点，喜欢揪住别人的缺点，来满足自己的虚荣，喜欢用攀比心来掩盖内心的空虚和底气不足。

但我们要区别攀比和良性竞争。良性竞争促进发展，出发点不一样，满足的需求也不一样。

攀比多了很容易引起嫉妒，而嫉妒是万恶之源，最终的结果是损人不利己。

良性竞争，是带着欣赏的心态，学习他人的亮点，最终成为更好的自己。

芸芸众生，茫茫人海，比来比去何时了？少一点攀比心，多一点进取心。

提高格局，扩大眼界，多花心思修炼自我，专心做好自己。

## 没有父亲的童年生活

看到文友们都在写关于父亲节的文章,也有人写《没有父亲的父亲节》,看题目就让我觉得心痛,我觉得自己真没有勇气残忍地揭开那些血淋淋的过往伤口,那时我虚岁才八岁,许多记忆已模糊,或者说是我在本能地屏蔽记忆。

很长一段时间,我都觉得身边人个个都比我幸福。实际上,命运是没有道理可讲的,生活总是要继续向前的,正确的做法是面对现实、不向命运屈服。

鲁迅先生说,真的勇士,敢于直面惨淡的人生,敢于正视淋漓的鲜血。

对于"父亲"二字,我一直是没概念的,回忆里,所有人见到我,问得最多的就是"你想你爸爸吗?""想吗?"年幼的我只是茫然地点点头。

我知道我和别人不一样,在小伙伴们面前,我总是最老实、最乖巧的那一个,我知道身后没有了爸爸的保护,整个人逐渐变得更加自卑沉默，再也没有从前的活泼好动。

思绪回到八岁那年的某一天，我和几个小伙伴在门口的竹林玩耍，妈妈喊我回去，示意我坐在爸爸床边，爸爸伸出他那干瘦的手，握住我的手，无力地说："我快不行了，估计今明天就要去了，最舍不得的就是三个宝贝女儿，我已嘱咐小叔他们一定要帮助孩子们多上学读书。"年幼的我并不懂得爸爸说要去了，到底是什么意思，会对母亲和我们姐妹的命运产生多大影响。

我天真地以为爸爸只是太累，要休息休息，睡一段时间就会好。

没几天，爸爸似乎真的不行了，睡得死死的，家里不停地来很多人，几乎每个人都在说同样的话，"这家日子咋过啊？好人苦命啊！大女儿才八岁，小的才一岁多。"有的建议把妹妹送人，有的建议小叔带着我去爸爸工作的陶瓷厂，去要点赞助款，还有人说让我见人就下跪哭，哭得越大声越好。

如今回忆起来，只记得我坐在小叔的自行车上，到达镇上陶瓷厂，先找到姓陈的厂长，是我们同村人，小叔指着我向他介绍，说我是某某（我爸名字）的大女儿，厂长似乎听明白了，赶紧派人通知其他工友都过来，毕竟我爸爸生病（肝癌）请假已有大半年。

小叔说让我下跪行礼，厂长立刻阻挡着说道，千万不要难为她一个小孩子，怪可怜的伢，懂事晚的我也并没有哭，好像哭不出来似的，整个人呆呆傻傻的，爸爸的许多工友陆续赶来，大家二元、五元、十元的递给小叔，说尽一点心意，也是给爸爸作安葬费用。

此刻回忆起，那都是一份份沉甸甸的爱和温暖啊！还有那位陈厂长，并没有让我见每一个人下跪磕头，保全了我幼小的自尊。

爸爸出殡那天，我走在最前边撒纸，我依旧只是沉默，听从着大人的吩咐，千万不能回头，走两步扔一张纸，后来听说那天许多村子人看着都在哭，奶奶更是没日没夜地哭，一双眼睛生生哭瞎了。

爸爸生病到去世，已花光了家里所有积蓄，还借了不少钱，从此我们不但成了没爸的孩子，也是全村甚至全镇最穷的一户人家。

在液化气、电饭煲、洗衣机还没在农村普及的时代，妈妈带着我们姐妹三人，仅家务事都已累得精疲力竭，何况还要忙里忙外，种田种地，卖菜养猪补贴家用，境况可想而知。

## 爸爸生前生活片段回忆

其实在我出生的1983年，我家就新盖了三间瓦房，围了个大院子，在五六岁的记忆中，家里就已有自行车、电风扇，那时日子过得还不错。

父亲在镇上陶瓷厂上班，在塑料产品还没漫天普及的年代，爸爸所在陶瓷厂是镇上最红火的一家，就是用泥巴制作成各式各样的花盆、米缸、水缸、钵子的模胚，再放到窑洞里高温烧制，是份很累很辛苦的体力活。

当时村里很多人都在陶瓷厂上班，一个月有一两百元的收入，在那时的物价水平来看，这工资是较高的，加上爸爸手脚利索，收入还要多些。

当时，我家里条件不比别家差，记得有次爸爸发工资后，给外婆做了一套棉袄，还带了一百元钱一起送去，外婆家是在舒城山区地带，看到棉袄和钱，整个村庄都轰动起来，都羡慕外婆找了会赚钱又孝敬的女婿。

朦胧记忆里，小姨结婚时，爸爸买了一对大红皮箱，里面放了14元钱的红包，在当时的社会环境里，都算出手很阔绰。

那些有爸爸的日子真好，真幸福，别人家有的，我们姐妹仨也有。每天傍晚就在家门口等父亲下班，远远地听到自行车的响铃声，我就蹦蹦跳跳地拍着小手跑出来，爸爸总不会让我失望，多少会带点小礼物给我，牛皮糖、宝塔糖、糖豆豆，那都是最美好的时光。

上学前班时，我让爸爸给我带支铅笔，爸爸下班回来却给我买了全套学习用具，文具盒里装着满满的铅笔，还有橡皮擦和各色蜡笔，我抱着文具盒别提多开心了，如同拥有巨额财富，赶紧拿到小伙伴们面前炫耀，这是我童年最深的记忆，以至于后来很多年，我都怀念那一刻，怀念有爸爸疼爱的时光。

## 爸爸去世后的生活

五年级时，安庆堂姐结婚，通知让小叔带我和堂弟，以及门口另一个姐姐去安庆送亲，那是1995年，我从没去过安庆这样的大地方，激动得几天都睡不好，妈妈却焦急我去安庆没有像样的衣服和鞋。

妈妈后来带我去商店赊布匹做了一套衣服，但还差了一双鞋，奶奶说，总不能穿平常脚上的布鞋，她让我去找小伙伴，借双运动鞋穿几天。

12岁的我放不下自尊，死活不肯去借，奶奶又无限感慨地落下了泪水说："如果你爸爸还在，你们总不至于难成这样啊！你爸是个争强好胜的人，可就是人强命不强啊！"奶奶后来出面找小婶，借了双白球鞋给我穿。

我家那些年的贫困程度，估计生活在安庆城里的堂哥、堂姐是无法想象的，以至于家里实在拿不出一丁点东西作礼物。

因为是第一次去安庆大伯家，大娘给了我20元钱带回来，妈妈把这钱给我们一人买了件过年的衣服，那真是幸福难忘的一个年！

当我读初中时，学校离家四公里远，同学们大多都有自行车，而我却不得不步行，每天起来得比别人早，回来得比别人晚，仅路上单程就要一个小时。奶奶说，如果你爸爸在，肯定不会让你受这份罪，别家孩子有的你肯定也有。奶奶还说爸爸很能干，工资拿得比别人高，早晚还把家里田地伺候得很好；发了工资由妈妈掌管，咋花都行，妈妈也就过了那几年无忧无虑的幸福日子。

直到初二下学期，妈妈卖了辛辛苦苦养了一年的大肥猪，家里舍不得留一斤肉，才让我拥有了自己的第一辆自行车，余下留存作学费。

## 没有父亲对身心生活的影响

一个家庭，男主人一旦去世，对整个家庭的打击是近乎毁灭性的，贫穷困苦先不说，精神心理上要承受巨大创伤，家人孩子还要承受多少心酸委屈，甚至上哪儿都觉得低人一等，受尽欺负。

在温州工厂打工时，宿舍有个女孩，她也姐妹三个，同是老大，但她比我年龄还小。她说她爸去世后，她妈妈辛辛苦苦种的玉米、稻谷，等到成熟时，她伯伯、叔叔却欺负孤儿寡母，攫取现成的果实，甚至连山头种的树也被她叔伯给卖掉。为了保护这不多的财富，她妈妈每天晚上睡觉前，都在大门上放把刀，床边也放一把刀，以防村里那些图谋不轨的人。

难怪她常常莫名其妙地大哭，和常人有诸多不同，有点神经不正常，可能和她童年的经历有关，不知她两个妹妹会不会好点儿。

这么比较起来，我是不该埋怨叔伯他们没有照顾我们，他们在九几年就开始做塑料袋生意，年收入过万，曾在心里痛恨他们从没给我买过一个本子、一本书、一块糖，更没有做到答应爸爸帮我们多读书的承诺，使得我们早早退学打苦工。

但相比那位女孩，我们已经很幸福了，至少叔叔们不曾欺负我家，这在村庄其他人面前就已经算是一种无形的保护，若自家人都带头欺负，那日子还咋过？

如果那样的事发生在我们身上，那幼小的我们一定会对人性失望，会影响我们的人生观、价值观。

庆幸我们姐妹在那样困苦艰难的环境里长大，却并没有心理扭曲，如今都已成为心理健康、积极阳光、心怀美好、热爱生活的人，于我来讲这已经很难得，也很知足，虽然我们都还没有什么成就。

许多人和我说，上天给你打击伤害，就会在另一方面给你弥补，看你们长得这么高，模样也不丑，又能写出一手好文章，这就是老天对你们的恩赐。

我想说，如果可以选择，我宁愿自己长矮十厘米、胖几十斤，也要去换取爸爸的健康长寿。当然，这一切都没有任何道理可讲。在命运面前休论公道。

也许，我们来到这个世界，就是为了衬托他人的幸福吧！

愿所有没有爸爸的孩子，都能依然过得快乐，心智健康，也愿天下所有父亲，健康快乐，幸福长寿。

## 因为这点,他们都说佩服我

坚持这两个字,是大家常常能听到的,也是老掉牙的词语。坚持是一种很美好的品质,不管是在生活中,还是在工作中,只有坚持下去,你才有可能获得成绩,获得成功。想问下大家,过去有没有因为不够坚持,因而觉得有遗憾的呢?

我说说自己身边的小故事吧。前几年,我来到上海一家销售公司,做电销结合面销的一种工作。和我一起来培训的有14个人,我们一起接受了三天的公司新人培训,就开始了每天的打电话工作,一天至少要打400个电话,枯燥而乏味,还常常遭受别人的拒绝、漫骂,让人心灰意冷。

一个月后,一起来的小伙伴们逐渐没了激情,开始陆续辞职,我是因为好不容易脱离了早已厌倦的工厂,才进了公司,所以格外珍惜,每天认认真真地打电话,积累意向客户,学习做各种营销方案。

某天,一个客户在电话里很大声地吼我:你们这些电销人员,就像一群苍蝇,整天在我耳边嗡嗡叫,你烦不烦啊!后来又骂骂咧咧地说了一大堆难听的话，我放下电话，跑到洗手间大哭了一场，感觉自己在这里待不下去了。从小到大，我还从来没被人骂过这么难听的话。想辞职的念头不断从心头涌起。

当天晚上回家，我冷静地想了想，这家公司的许多业务知识还没学到，辞职后我又能做什么呢？这还没开单就离职，多没面子，就算到其他销售公司，也会遇到同样的问题，或许那客户正是心情不好的时候，刚好被我撞上，成了他发泄的对象。他或许并不是针对我本人，这样一想，心情有所好转。

第二天，我仍然老老实实去上班，并且在心里说，一定要坚持到底，希望自己能早日开单。

到我入职的第三个月，同期培训的14个人，就只剩下我一个人，那时我手上已有5个重点意向客户，就在第三个月的月底，我成功地开了一张大单，顺利转正。也是我人生里首次个人月薪过万的记录，之后在这家公司我也多次进入区域前三名。坚持，让我的命运有了转折，我对它充满了感恩，也感谢自己的坚持不放弃。

其间依然常被客户拒绝，那是销售业的常态，我也逐渐习惯了。

终于明白了销售行业里流行的一句话：剩者为王。谁能坚持到最后，谁就是赢家，谁就是王者。当然也不是盲目地坚持，而是要有方向，有自己的思考、规划。

这是我的切身体会，另一个关于坚持的事例，就是写作。

刚开始写作的那年7月，和我一起写作的小伙伴们，在一个有400多人的群里，大家都信誓旦旦地说，一直会把写作坚持下去，会当作一生的事业来对待。那时，每个人都斗志昂扬，激情澎湃，就差没有割腕放血、发毒誓。

然而，因为写作的回报很慢，随着时间的推移，很多人从一开始的一天写一篇，到后面的一周写一篇，甚至一个月写一篇，到最后逐渐消失不见了，他们似乎早已忘记，那个曾经对写作充满激情的自己。

我想看看自己到底能坚持多久，是不是最后一个放弃的，就一直在"简书"上保持有规律的更新，平均一周两三篇。

尽管有时累得不想动，还要去构思文章，又要排版，做公众号，还要去上班，也有无数次想要放弃的念头，但最终说服自己坚持了下来。或许我比他们更热爱文字，也或许是我没等太久就看到了写下去的希望。

写作半年，我的电子书通过申请，不久顺利签约，之后开办了自己的写作课堂，签约百度，很快就实现了业余月入万元的目标。尽管这和很多作家比压根不算什么成绩，但我却为此非常自豪。

有一位早期一起写文字的朋友说，真佩服我能坚持到现在，实现了所梦想的一切。她后悔自己写写停停，做什么只是三分钟热度，缺少恒心和坚持。

这是我的两个真实小故事，愿能给大家有点小启发。在这些之前，其实我也是一个很失败，很没有毅力的人。曾做过很多行业，却没有把某一行做精。如同挖井，每个地方挖一点，没见到水源，立马又换一个地方，却并没有在某一处深挖下去，直到找到水源为止，所以一切都只是徒劳。

现在的我更加明确自己坚持的方向，也体会到坚持的意义。

我很喜欢的一句话送给大家，"成功的路上，并不拥挤，因为坚持下来的人实在是太少了。"与大家共勉。

坚持成就自我！

## 婆婆也是妈

每次放假回老家，就是我最享福的时光。每次一回到老家，简直就是衣来伸手、饭来张口，感觉自己似乎还是那个没长大的无忧少女。

这一切都因为有婆婆这个保护伞。婆婆她比我大 20 岁，是个 60 后，相比同辈人，她还算年轻的，在农村老家，她初中生的学历在奶奶群里也算是有点儿文化的，婆婆爱说爱笑、做事风风火火、勤劳能干，更难得的是她有颗博爱大爱的心，因为老公并不是她亲生的。但她不管是对我和老公，还是我的儿女，都不比别人亲生的差，有过之而无不及。

她让亲戚、周围人尊敬佩服不已。她一生命运多舛，改嫁来时，我老公已八岁。

有一年五一假期，我回老家过节，那天一大早，婆婆就去菜市场买来鲢鱼，去老家的菜园地里摘了许多新鲜扁豆、莴笋，婆婆把大鱼切成段，再用面粉裹了一层用油炸熟，这样便于存放，不容易坏，可以吃上一周，又炒了两大瓶咸豆角，从早上忙到中午，都是为我们准备吃的！

都说婆媳关系难处，两个从不同的家庭走出来的人，为人处世、性格特点、生活习惯，都自然不一样，更重要的是婆媳要分享着同一个人的爱，难免就会有摩擦、有矛盾。

在我结婚的头两年，也会有这样的小摩擦，婆婆觉得自己辛辛苦苦养了15年的儿子，突然就跟另一个人亲了，所有的情感都转移到我的身上了，很不习惯，感觉自己这么多年的心血付出都是白白浪费了，她会怀疑自己养大一个没有血缘的儿子，是个巨大错误。其实就算是亲生的，婆婆们开始也都会有这种想法和心态。

我很理解婆婆，觉得她命途坎坷，真心不容易，能待老公如此用心无私，是十分难得的。

那些年我老公和他那个小4岁的弟弟，他们上学报名、雨天接送，都是婆婆去做的，而且那时老公家比较穷，为答谢别人借钱的恩情，或谁家的帮助，婆婆亲手做了很多双布鞋送给人家。因为公公身体不好，出力的事都是婆婆干，家里家外全指望着她一个人。

白天忙田地里的事，开拖拉机，打稻谷，打油菜籽。晚上要做鞋熬夜到凌晨，一针针地手工上鞋面、纳鞋底，常常手都扎出血，又磨出厚厚的茧，任劳任怨。自己多年没添过新衣，即便过年都是穿别人给的，却每年都给他们兄弟俩做套新衣服，天下的继母估计没几个人能做到。

待我做了母亲后，愈发觉得她宽容博大，境界之高。即便她有时心情不好，说了啥，我也从不会顶嘴，我也常常同老公讲，婚后，你应该比以前对妈更好，才能让她觉得，儿子娶了媳妇，并未忘了娘。

慢慢地，我们的关系越来越好，她现在常说疼儿子不如疼儿媳妇，她不管回家还是去哪儿，都是我帮她提包接送，还做她喜欢的美食给她吃，有山粉园子烧肉，饺子，干笋子、梅菜扣肉、干鱼……

去年正月，给婆婆买了部智能手机，我手把手教会了她打字、说语音、拍照、录视频和发朋友圈，现在她自己都能熟练地使用手机，有空时她就戴个老花眼镜,刷刷微信,主要看家人亲友的朋友圈和一些文章,每周我和婆婆至少视频一次,问候问候,再侃侃大山。

那时为了"逼"她学用智能手机,我会说她:你不要总想着自己老了,你这么聪明,只要你肯学,比谁都强,要有与时俱进的精神,反正有无线网,你没事胆子放大点,多按按就会了。

有时我会开玩笑调侃她,你头发烫这造型比我这做媳妇的还洋气,你这衣品又上了一个台阶,是越老越有味儿啊!

每次和婆婆出门逛街,别人看着我们有说有笑,还开玩笑互相打趣,亲热又随意的样子,都说我们是母女俩。其实婆婆就是妈,我很感激在人生的旅途中多了一个疼爱我的人,这是命运对我的恩赐与厚爱,唯有感激感恩,加倍地回报。

其实,老人们要的并不多,一句暖心的话语,一声贴心的问候;吃饭时夹给她的一撮菜;她做家务时你在边上打打下手,陪她说说话;若不在身边时多打打电话。这些谁都可以做的事,只要你坚持做好,老人们就非常满足了。

做儿媳的要多和婆婆谈谈心,要换位思考,就会少了隔阂和拘谨,未来我们也是要做长辈的,要提前给孩子做好榜样,老人的现在就是我们的未来。

祝天下所有母亲和婆婆平安喜乐,福寿安康!

## 那年陪母亲交公粮

过去粮食都要上交国库的,在封建社会叫上交皇粮,新中国成立后改名叫公粮和购粮,就是每户农民按所要求的比例上交给国家用于粮食储备,这项制度延续了有几千年。

直到 2003 年才正式取消了公粮、购粮以及农业税、水费等。

公粮通常是每亩 50 斤,必须无杂质、干燥、饱满,一半是抵农业税的,一半是无偿上交国家的。

还有一种购粮,购粮每亩上交 140 斤,我家摊下来共需上交 600 多斤。有部分报酬,100 斤 17 块。随着物价波动,有所浮动,但均低于市场价,大概折半。

当队长通知要交公粮时,每家每户都纷纷用蛇皮袋或者麻袋,装自认为最好、最饱满、晒得最干燥的稻谷。

每家大大小小的十几二十袋,天刚麻麻亮,大家用板车(架子车),或者三轮车、拖拉机,拉到离家 8 公里镇上的粮站。

母亲不会拉板车(架子车),家里也没有任何车。她又不识一个字,每次交公粮,都得说好话,央求同村庄人的车搭过去,如同每次的交学费,对母亲来说,对我们整个家庭来说,都是一次很大的难关和挑战。

那时,农民们积极交粮,排着长长的队伍,粮食送不送得出去,还得看粮站的脸色,质检员说你的粮食好就好,差就差。所谓好,就是粒粒饱满,成色好,晒得干燥,无其他杂质。

交公粮时各村各小队,陆陆续续、浩浩荡荡地赶向镇粮食站方向,到达镇粮站,登记排号。

我们到粮站时,大院里挤满了各村子汇集来的板车、拖拉机、稻谷、人流……正是炎炎酷日,个个都汗如雨下。

至今还记得粮站的工作人员里,有一个体形特胖的女子,据村里人讲她那时体重应该有200多斤,她负责登记看秤。工作人员中,还有的负责算账,把算盘打得啪啪响。此外,还有人在那儿开票记账。

工作人员都是吃商品粮的人,个别人一副高高在上的感觉,享受着大家的端茶端水递烟,以及羡慕敬仰的目光,庄稼人同他们说话都是小心翼翼的,我母亲更不例外。

那年,我还是个小学生,懵懂无知。跟着母亲去镇上交公粮。烈日当空,汗流浃背,人人都想早点办完回家,本分老实的母亲,明明起大早,排队是在前面的,却总是会被后面来的人插队,母亲却无可奈何,同村庄来的都陆陆续续地交掉粮食,拿着空袋回家了,有些比我们来得晚的也交完走了。

眼看着前面还有那么多人,没吃中餐的我们饥渴难耐,只能焦虑地巴望着,直到快天黑了,才轮到我们。母亲同我艰难地一袋一袋往前面挪,偶尔也有好心人上来帮我们扛一袋。

我们焦急地看着质检员用一根空心铁棍,往装粮食袋里无情干脆地一戳,很酷的模样,深度不同的稻谷通过洞洞被提取出来,然后听他熟练地往嘴里磕得吱吱响,再把剩下的往稻床上一扔,漠然地说句:"这稻谷不行，再翻晒个日头。"

我和母亲只得把稻谷一袋袋往一边抬，又是满头大汗。心里恨透了那个质检员，准备第二天再摊开来晒，那晚我们就在粮站的临时小矮屋里休憩。

晚上几家也没交掉公粮的人唉声叹气地说道，其实许多一次性顺利交掉的，并不见得他们粮食好，有的是给检验员塞烟了，有的是会说话巴结，会变通来事。

我们几家没能交掉粮食的，都肯定是各个村子里的老实人，工作人员总要做点样子给他们上面领导看，某某稻谷明明比我还少晒一天都过称交掉了，咱们明天下午能顺利交掉就算好了，这大热天的，家里还有那么多的活等着要干啊！

母亲也说道，她特意挑的是家里最好、最饱满的稻谷来的，而且比庄子里谁家晒的都干，那又能怎样呢？他们早都交掉了，估计这会儿都到家了，塞烟？家里连买一包盐的钱都要攒上好久，又是一片叹息……

幸好第二天是个大晴天，母亲又把一袋袋稻谷拖到粮站院子里摊开晒着，直到下午五点多，我们再搬去昨天那个检验员那方向，这次还幸运，总算顺利地交掉了，遗憾的是被其他人偷了一袋子稻谷。

走在回家的路上，母亲说："带着你来，就是因为你能识字，你东张西望的不定性，肯定是我抱稻谷时，后边或边上人顺手偷走了一包，那可有70多斤啊！能换多少包盐。"

随后妈妈又自我安慰道："偷掉了就偷掉了，当破财免灾吧！下次得看紧些，好在总算没让我们再留下来晒一天稻谷，稻谷也带得够量，还有今天下午插队的人比昨天也少了好多……"

后来我长大点儿，曾无数次在心里想，外婆为啥七个子女唯独没给母亲读书？还有为啥要把母亲从舒城嫁这么远？

如果在当地本镇本村，有舅舅姨们照顾点儿，总会少了很多很多的委屈,像这样被插队、被偷稻谷、被欺负的事例,在我的记忆里是不胜枚举的,有时更恨自己懂事那么晚,又不够强悍,只知道玩、好奇,不曾盯着自己家的稻谷,更恨自己没生成男儿身,不能保护妈妈。

那时候的庄稼人,尤其是我所在的皖中地带,每年的农村"双抢"时节,收割早稻、播种晚稻,能把人累得虚脱,还得乖乖地上交公粮,亲自送到粮站(到后来设了村代购点),似乎得乞求着那些吃皇粮的,看他们脸色,生怕他们不要。

如今的庄稼人,不但不用交公粮,不用交水费、农业税,国家还反倒补贴农民,而且现在老家人个个拿着田租,都不用再下田了,真是赶了个好时代啊!

## 我曾渴望远离家乡

我猜想，每个人在年少的时候，都曾想远离家乡，那是缘于骨子里的叛逆，或者说是成长必经的过程。

我自从知道女孩子可以通过远嫁来摆脱自己的家乡时，就一心盼着长大，不知道别人是否同我一样。

17岁到离家3000里的福建晋江打工，那是被生活所逼，当时，只认识在晋江打工的师傅，找不到其他人带我出去，所以，晋江成了我打工生涯中的第一站，那时，懵懂的我，十分高兴，可以到离家如此之远的地方打工。

打工几年才回一次老家，每次一回老家，就陆续有邻居介绍相亲对象。由于年少时对家乡的厌恶，我觉得家乡许多人太势利，瞧不起我家，因而就不愿意在家乡找对象，见都不想见。

这都是从小种下的"厌恶种子"，那时觉得，全国任何地方都会比自己的家乡好。现在我们姐妹三人都没在家乡定居，我离开安庆到池州，小妹定居在省会合肥，二妹跟着小姨、舅舅，在六安的舒城县城安家，都实现了小时候的"愿望",离开了家乡所在县。

其实桐城真不好吗?安徽桐城,是安庆底下的县级市,自古有"文都"之称,清朝乾隆皇帝曾说"天下文章皆出桐城","桐城派"文化曾雄霸文坛200多年,"桐城三杰"更是写进了高中历史课本……

真正长大后才明白,欺善怕恶、嫌贫爱富是人的劣根性,也是本性,一个小村庄就是小王国,地方恶霸更可怕,天高皇帝远,弱小贫穷的人自然少不了被欺负。

而如今,我常以出生于"文都"桐城而骄傲,每次回桐城,都难掩激动,我给女儿讲桐城的历史,带她逛那条闻名遐迩的"六尺巷",给她讲解这同名诗背后的故事,以及"一门两宰相,五里三进士,隔河两状元"这些桐城历史及著名人物。

甚至偷偷地想,有那么一天,我的子女或外甥女们,未来他们中某个人有点小成绩,一定要他们多讲讲曾受"桐城派"的文化熏陶。

这些年,看过听过其他许多农村老家的人和事,觉得自己家乡人的整体素质已很不错了,生活条件也算比较好。

而且家乡民企、私企发达,小镇上到处都是刷子厂,被称为"中国制刷之乡"。家乡还有"塑料袋之乡"之称,全国70%的塑料袋都是我们那儿出产的。地理位置是在安庆与合肥中间,交通发达,人杰地灵,物华天宝。真不明白自己为啥会那么讨厌家乡。

曾听一个年长的姐姐说,她15岁就立志长大后要离家远远的,越远越好,总觉得父母太唠叨,也觉得家乡有些人的嘴脸看不惯,青春年华刚开始的19岁,她就远嫁外省,每两年才回来一趟。多年后,她和我说,她人生最后悔的事,就是结婚太早,还嫁得那么远……

我明白,她是用这种叛逆的方式来脱离家乡,其实,心智并没有真正成熟。像她这样想法的人应该还有很多很多。

对于家乡，从热爱到想逃离，再到更深入骨髓地热爱，这是我们不断成长的过程，也是心态不断趋于成熟的结果。

不管走过多少个城市，踏遍多少足迹，最后定居在哪一隅，但在我们的梦里，最常出现的地方一定是家乡，一定是自己的出生、成长的地方。

关于家乡，你也曾有过逃离的想法吗？

## 我们都不曾天高地厚过

想起一位同事分享的亲身经历,他说上学时的一个暑假,学校介绍同学们到上海实习,工作地在上海嘉定。到了以后才发现,那是一个骗子工厂,不包吃住,工资还低得可怜,租房又十分贵,算起来还不如不干。

他和几个同学打算在东方明珠转一圈看看,就离开上海回家乡。

离开的前一天,他们想在附近找宾馆,家家都贵得吓人,几个人身上所有钱加起来都不够住一宿。几个刚尝试步入社会的男孩,无奈之下只得在外滩那儿露天睡了一夜。

他们一起指着东方明珠说,10年后,我们每个人都要在那儿买间房子当厕所用!真是豪言壮语啊!把我们所有同事笑得前俯后仰,是不是每个人年轻时都曾这样。

记得张小娴书中有段话,20岁的男人,总以为世界都可以踩在脚底下,觉得自己未来会无所不能。到35岁后,再也不敢这样说,生活给了他残酷的现实,哪里还有底气去如此自信张扬。

在年少时，谁都有一张没被生活欺负过的脸，棱角还没被磨平，拥有对前途胜券在握的自信自恋。

那年在温州打工时，流水线对面的两个85后男孩，一说起未来的梦想，都是豪情万丈。有个男孩说，宝马车我迟早是有的，女友和我分手，她妈就是嫌我家太穷，我以后要开着宝马车到她家门口转悠转悠，让她们后悔，让她气死。另一个男孩说，我肯定要买就买路虎车，两个人击掌欢呼，觉得以后年入百万不是梦。

他们说这话的语气，就像宝马、路虎车已付过定金在等他们似的。其实那时候在工厂流水线上工作，工人每月也就一两千元工资，男孩子只够自己花，个别人甚至每月还要借钱度日。

因为年轻，所以无畏，任何狂话都敢说。一个农村出来的孩子，在没有任何人帮助的情况下，凭个人能力买宝马、路虎的概率是极低的。家里若有很厚的家底，也不会让儿子不读书老早去工厂做流水线工人。

男孩子在工厂打几年工，绝大多数人都不会有啥积蓄，上升空间也有限，还要面对买房结婚成家的巨大压力，实现年入百万谈何容易。

所有对未来的过高期许，只是因为他们太年轻。

去年我被拉入曾经的温州同事群，当年对面的两个男孩也在群里，一个已经结婚，夫妻俩一起在做服装。

另一个还没结婚，开过服装加工厂，失败后再去打工，加工厂本来就利润极其微薄，得很会安排算计，每一环都非常考验人，即便成功，也只能比做流水线工人好一点点，总附加值在那里，不会有太高暴利。

他年迈的父母为他的婚事操碎了心，四处托人给儿子介绍对象，省吃俭用地帮儿子还债。

近十年过去了，发现他们说话再也没有当年的自信。我想，他们已经看清了生活的本来面目。

在这样一个人才饱和的时代，农村出身、没学历、在工厂打工的人，再蹦跶也难以倒腾出多大浪花，能结婚成家，不让父母为自己操心，过着安稳的小康生活就已经很好了。这不是在改革开放之初，没有读书的人，只要胆大有想法都会有所成就。

而今，放眼看去，没学历的成功人士毕竟是极少数的，国内一些富豪大佬基本上都来自名校，雷军来自武汉大学；刘强东毕业于中国人民大学，曾是高考状元；马云12岁英语就说得呱呱叫，能和外国友人轻松自如地交谈，上大学时就办杂志，做五份工作；百度的李彦宏更是北大骄子，又留美深造，是计算机天才……

社会基本已定型，你所处的环境，你的学识，你的家庭，你的眼界，早已经决定了你未来可能到达的发展空间，你最多只能在小范围内倒腾，上限的天花板已局限在那里。

再说前面那几个说十年后要买间东方明珠房子做厕所的学生，之后大多没有踏上上海的土地，更不要说在上海买房子了。说这样豪气冲天话语的人应该还有很多很多，只不过是年少轻狂时的胡言、男人间的吹牛皮，过个嘴瘾。

抑或是当时满怀希望地来到上海，落得在外面打地铺睡觉，说点誓言来安慰受伤的心。

那个带头说买东方明珠一间房的男孩后来倒是来到了上海，如今他在上海做销售工作，工资忽高忽低，现在各个行业竞争越来越大，没有好做的职业和好赚的钱。未来，也许他能实现曾经的梦想，也许永远只是梦想。

我在十几岁时也曾暗暗想以后一定要站在高高的台上，光芒万丈地对很多人发言讲话，那一定很风光很拽。还曾幻想过，以后要成为我们村庄的前十名有钱人，让谁都不敢瞧不起我，现在想想觉得自己真是幼稚得可笑。

有人会说，可以从工厂出来创业或许就能实现年少时的梦想。创业？本钱没别人多，自然底气没别人足，好的项目或者黄金地段店铺，会等着我们吗？我们手上有多少资源优势？有好信息能比别人早一步获取到？还是有高人一等的经商天赋？

成功者和时代机遇、自身努力、生活层次、学识眼界都是息息相关的，所谓天时地利人和。

昨天，有位学员找我聊天，她说自己很想改变命运，本来是做平面设计工作，一月也有6000元工资，但她不甘心，想去自己做点什么，选择开淘宝店创业。我给她说，出发点是好的，只是现实太残酷，还是从眼下的工作开始，一步步朝前走更靠谱。

和她交谈中，感觉她充满着哀怨，我担心她会抑郁，一遍遍地开导她，希望她能调节好状态，淘宝平台已发展十几年了，2010年前做淘宝的人应该都可以。现在才开始起步自然较难，好在投入并不算多，如果的确看不到希望，可以及时止损。

我说，你还是做你的老本行设计吧，做得好还可以接接私活，算起来收入也不少，空时再写写文字，总比贸然换一个行业好，咱们都是80后，生命的有效劳动时间过了1/2，已折腾不起。

看吧！这就是生活的真相，年少时做过的梦有几人能够实现了？

我们都曾不知天高地厚过，我们都不想碌碌无为过一生。

## 从流水线工人到自由写作者

2015年，我所在的陕西西安的早餐店拆迁，我就趁此回到老家，着手装修在镇上买的房子。

女儿已上二年级，正是迫切需要我陪伴的时候。她从小学一年级开始回老家读书，之前在我打工的地方读幼儿园。

没有户口、房产证，孩子在外地读书很不方便，压根上不了好点的学校，那种外来工子弟学校，当然比不上家乡的公立学校。

我一边配合工人师傅装修房子，一边到镇上服装厂加工衣服。服装厂是私人的小加工厂，十几个人，时间非常自由，员工大多都是一边带娃娃，一边在家加工衣服。

家里有婆婆烧饭，我不需要操心家务，每天骑着电瓶车早上七点到厂，晚上9点多回来。我做了几个月，到发工资时，才只有1800元，真感觉不值。

小镇上也就这样的行情，何况我做了几年早餐生意，做衣服没有以前那么快了，也可能是那道工序价格低。

婆婆说超市营业员更低，更让我难以接受的是周围的环境氛围，同事间讨论的都是鸡鸭鹅，都是张三李四的家长里短……

我总觉得我不属于这里，但又无能为力。有次和小妹聊天，说起我的感受。

小妹说，要不来上海看看。本已决定暂时不再到外地打工的我，还是动心了，希望自己再出去一两年，如果还没有什么更好的发展，就安心回镇上的工厂里上班！

2015年9月，我去了妹妹所在的浦东，开始在一家早餐店帮别人卖包子，包吃包住每月3500元，我老公在青浦帮别人做包子。虽然我们自己也开过店，但买房装修，已没有本钱能够在上海开店了。

开过店的人再去帮别人打工，常有寄人篱下的那种感觉，不同于从未当过老板的打工者。

半月后，小妹看我在9平方米的店里卖包子，忙忙碌碌，穿着沾有面粉的工作服很是揪心。

那天晚上，小妹突然对我说，要不你把我那个笔记本电脑练练，看以后有没有可能进公司去。若你一直给别人卖包子，工资不高不说，也没有任何提升空间，还不如在老家上班，可以天天看到孩子。

她就指导我一些电脑基本操作，如何用手指正确按键盘，如何发邮件，如何新建表格等。

练习了两周电脑，小妹又把她所在公司的宣传资料让我看和记。有一天，她带我到她所在公司去玩。我记得，那天我是穿着一套白底蓝花的民族风连衣裙，跟着他们部门的人一起出去吃饭。

吃饭的饭店位于一个大厦的6楼，我之前大多在城中村做生意，或者是在工厂里打工，我的性格又不爱逛商场，所以极少乘电梯。到了大厦，由于我生性胆小，所以把裙子拉着，紧紧扶着扶手，生怕摔倒了。有个男孩后来说，你怎么乘个电梯都有怕怕的感觉？我当时感觉自己很丢人。

当时一起吃饭的部门经理也是位安徽的女孩，她说，齐冰冰的姐姐很有文艺范，现在在干什么？我妹妹说，姐姐刚来上海，还在玩儿呢！

那晚回去的路上，妹妹问经理说，我姐姐来公司做销售是否可以？没想到，她很快地答应了，只问了句办公软件会使用吗？

我妹急忙说，这可以的，而且我姐姐很好学。就这样我进了这家全国连锁的互联网公司，成为一名销售人员。

问妹妹借了四千元钱，买了个联想笔记本电脑。每天的工作是统计意向客户数据，发到经理工作邮箱。

工作第一天，我还激动地写了篇日记，因为我是全公司学历最低的一个，真没想到自己能和这么多本科生、硕士研究生做同事。

刚开始，我电脑操作没有别人娴熟，搞不好就把哪里碰死了，动不动就得请人帮忙，有回连新建文件夹都了找半天才找到，同事们都挺热心的，有问必答。

2016年的元旦，妹妹回老家分公司工作，我继续在浦东那家互联网公司工作，这时，我的工作是给客户打电话，问是否要做企业网站，是否要做关键词推广之类，有意向了再面谈。

到2016年年中，我已在那家公司工作了大半年，我在考虑自己到底还能在上海待多久，女儿已上三年级，很多朋友都已回老家，加入陪读的大军，我感觉很迷茫，回老家小镇工作，工资实在太低，而我家的家境又不好，需要多一点收入。

从之前在工厂里做流水线操作工的半文盲，到进入上海的互联网公司，还是全国连锁的大公司，可以每天接触电脑，这曾经是我多年梦寐以求的工作。但收入却不是很高，我在那家公司工作，只有两个月工资过万，大多时候一月也就五六千元，吃住不包，这在大上海压根存不下钱，每月房租就要一千元。

在工厂里做流水线工人很辛苦，但没什么开销，除了干活就是睡觉，钱倒是能剩下一些。但经过体面工作后的我，又不甘心再回工厂工作了。我处于进退两难的境况。

人进入不同的阶段，就会有不同的烦恼。可以这样说，人生处处，烦恼从来都是如影随形的。

在公司里工作，在没有特殊情况下，是可以有双休的，也就在那时，我每个周末都会在手机上看很多文章，也关注了一些微信公众号，阅读量比从前要大很多。后来，我从事写作，或许就是在那时萌生的念头。

2016年的6月9日，公司有部分人在加班，边上有同事在帮客户注册微信公众号，我脑子一热，就让他帮忙，也帮我注册了一个。

三天后审核通过，就这样，我有了自己的微信公众号《齐帆齐微刊》。还记得当时临近端午节，我没有自己的任何文字存稿，就到我表弟的QQ空间，找了篇他的日志《粽叶飘香》，发布在公众号上，至今仍记得发好第一篇文章时的那种喜悦。我就是从这时起，开始接触自媒体的。

很多人都是自己写作已经很久，或者手上已有几十万字的存稿后，才开始注册公众号，我却是和很多人完全相反，先注册微信公众号，然后才开始写作。

有了微信公众号，必然会对关注的人数很上心，有朋友说，你可以试着自己去写，这样关注的人数会更多，我憋好几天，憋了篇《渐行渐远渐无书》，朋友同事留言点评鼓励，还记得那篇有400多阅读量。这极大地增加了我的信心。它算是我的处女作，我正式开启了自己的写作之路。

因为尝试写作，有了自己的公众号，进了一些写作交流群，看着大家的聊天互动，感觉思维被打开了，原来真有人过着我们梦想的生活，结识了很多有趣有料的网友，厉害的大咖作者，一篇文章打赏就可以赚数千上万元，网络上写作竟然有这么大的发展空间。

朦胧中，我仿佛是打开了一扇窗，看到人生更多的可能性，这条路似乎更适合我。

或许我的潜意识里，还是希望通过网络，找到一份合适的职业，为以后回家带孩子的同时，还能拥有收入做准备，抑或是源于我本身对文字的敏感。

当时，微信公众号原创必须要获得腾讯官方邀请，而我运气很好，成为同期开通微信公众号中，最早获得腾讯官方邀请的作者。大家都很羡慕我，这应该说是我写作路上的一个幸运。也就是在注册 29 天后，我的公众号就收到了读者朋友们的打赏，有时一月有七八百元收入，有时达到一两千元收入。收入尽管不多，但这或许是我能坚持写下去的主要原因，必须俗气地承认，金钱能给人最大的原动力。

身边的人都非常支持我、鼓励我，即便是我写的很多文章并不成熟，但他们却很包容我，给我留言鼓励，给我转发、打赏。

那时候，我特别羡慕学历高的人、文章写得好的人。为了赶上去，我只有用比别人加倍的努力，才能弥补身上的短板。

当时曾经看到这样一段话，在网络时代，你只要敢于展示自己，你写什么不重要，重要的是你在写，你在持续曝光，传递你的思想、你的价值，这点才最重要，我拼不过学历，我就拼经历，我当时就这样盲目地自信。

我就写写自己身边的事，快递小哥，卖油漆的朋友，开黄焖鸡米饭店、包子店和新鲜面条店的老乡等。

哪怕是一个中文系毕业的硕士，文采斐然，他不肯写，不敢公开，那又有什么意义呢！只能孤芳自赏。我就是那种糊涂胆大，走到最后的人。

一年后，当年我进的第一个大写作群，包括我在内，只剩下三个人还继续在写。时间真的会淘汰掉很多人。

那段时间也的确很累，白天要上班，晚上要看书写作，要研究公众号的排版，自从开始写下第一篇文章到现在，每天我都是早上四五点自然醒。

我真正践行了那句我喜欢的话：叫醒自己的，不是闹钟，而是梦想。

在我写到 25 万字时，我又很顺利地成为了某个平台的签约作者，接着开设了自媒体课程，很快就实现了业余月入过万的梦想。

2017 年年底，我辞职成了一名专职的自由写作者，全职后，我每周至少会读两本书，写一至两篇读书感悟。坚持每天早起写文章，写不出来时，我就写日记，7 点多再出去跑步半小时。

每周在直播间上课两次，白天会接些文案推广、投稿、咨询、做百度问答。傍晚时分，再带着孩子出去转转，一切都是我想要的模样。

感恩自己生在这个好时代，一个勉强初中学历的人，拿个手机随时随地就能赚钱，不受空间地域限制，每月有两万多的收入，另外还签约了两部书稿。

我也承认自己运气很好，每写几个月，就会有点小回报，热爱写作的人有很多，但能坚持到最后的却很少。

互联网时代，写作的门槛是越来越低了，就因为门槛低，进入的人自然会特别多，最终拼的就是坚持和毅力，还有自己的规划和远见。

拥有了不菲收入后的我开始学汽车驾驶，驾校的同学们都说很羡慕我，用个手机摁摁，每天就有钱赚，他们觉得这太不可思议了，毕竟在小镇上的工厂里，很多人一月的收入还不到两千。他们有的说我是天才，有的说我智商、情商双高。

当我同他们讲起，自己实际上只是勉强读到了初中毕业。他们都认为是一个传奇，其实这哪里算得上什么传奇呢？

我不过是赶上了这个好时代，在好时代里抓住了机会，再加上自己的一腔勇气。

做任何事，有勇气就成功了一半。从一开始我就知道自己要什么，就是要通过网络实现人生价值。

我虽然写不出有多么深度厚重的文章，但是希望能写些走心接地气的文字，传递正能量，给一些草根作者带来希望和指引。

## 那些年住过的城中村

2008年,我们带着一岁多的女儿,一家人在浙江温州鹿城区做小吃生意。

当时我们的店面是在黎明工业园的门口,店面用房是个活动板房,那一排几乎全是做小吃的,有做煎饼的、煮面条的、做麻辣烫的,还有卖奶茶的,个别是经营电话亭之类的。

做小生意的人,住宿的地方都不太好,大多喜欢住一楼,店面放不下的东西就可以暂时放在那里,放货拉货都很方便,还能节省时间。

我们住房的附近,有很多私人小加工厂,做圆珠笔和发夹。那些温州本地人仅收房租就吃不完。

我们住的是两间一楼的房子,是幢老式楼房,因为本地人想多收房租,房屋都盖得非常密集,采光非常差,大白天进门都必须开灯,还记得当时的租金是280元一间。

温州本地人的确是很厉害,思想活跃,都有创业因子,生活都过得很富裕，有"中国的犹太人"之称。

但在温州，做小生意的外地人占绝大多数，以安徽、河南、江西、四川、湖北人为主。温州因为是属于浙江的边缘地带，俗称三不管地带。也自然会有各色人群，非常乱。

小偷小摸的、抢劫的，天天都可以遇到。有天中午，我从店铺回到出租房时，发现门是打开的，电视机不见了，原来，大白天就有小偷，小偷明目张胆地把电视机搬走了，真是让人气愤无语。

还有一回，我们准备下季度进货用的几千元钱也被偷了，连皮夹都扔在租房门口。更恐怖的是，我婆婆的一副金耳环，走在路上被人活生生拽走。还有的美女行人，在路上用手机通话，有抢劫的小伙子，骑着摩托车直接把手机抢走……

那时的城中村，这样的情况比比皆是，一年丢5辆自行车、3辆电瓶车都是常态，小偷无论是开门还是偷车，那速度比电影上的特务做得还麻利。

说白了，城中村绝大多数是底层各色人士，有做小生意的、拾破烂的、开摩的的，有三轮车夫、清洁工、搬运工，等等，治安特别差。

那年，我的隔壁住户就是在温州汽车站打扫卫生的老夫妻俩，他们那时一月有900元的收入，他们每天带回大袋小袋的瓶瓶罐罐。由于东西多，他们的儿媳妇每天都要带着两娃去路口接。

那家人儿子太懒，像个不懂事的孩子，贪玩不好好工作，爱打牌赌博。他老婆和我同岁，非常漂亮贤惠。当时，她已经生了两个儿子，肚子里又有了第三个孩子，温州本地人想预定抱走，她舍不得没答应。

所有开支依赖老两口帮衬，每天傍晚必看到她拖着俩儿子去接公公婆婆，老人也总不会让他们失望，会买些打折的水果蔬菜，会拾很多车站别人丢弃的，收拾一下还能用的衣物。

当我写下这些文字的时候，脑海里想起那位有着漂亮容颜的邻居，也不知道她后来怎么样了。这么好的女子为什么就嫁给了渣男呢！美丽和幸福往往不一定是成正比的。

我的住房门口，常常聚集很多在家带娃的主妇，她们有时会从工厂里领些手工活儿回家生产，我从店铺收摊回来，常看到她们坐在一起做手工，虽然她们收入极少，却也很开心，似乎没有啥烦恼。

她们围在一块儿做手工，有说有笑，她们常吃西红柿面。她们买菜，常常都是等到傍晚超市打折时购买，但这并不影响她们的幸福指数。

我们住的房屋对面是家四川人开的小诊所，老板是位40岁左右的女子，她老公有自己的工作，偶尔来帮忙。

城中村里的头痛感冒发热都去这家小诊所，里面屋里有几张床铺，挂水常常还得排队。

那年是金融危机，下半年很多人都搬走了，有的回老家，有的去外地，那座工业园也传言要迁移到别处，我们在2009年也离开了那个城中村。

2011年，我们又到了西安雁塔区，住在一个叫曹家庙的村子里，那时到处在拆迁改造，我们去找店铺时，大家都说这里绝不会拆迁，都喊好几年了，哪有那么容易拆，放心吧！

我们租下了门口一个大通道，人住在楼上，共有五层楼。在通道的一侧，我们自己买了木板盖了间4平方米的小木屋，就在那里压面做包子、做馒头，做好端出楼梯口，在楼梯坡下卖，放上两张桌子、蒸汽炉，摆放蒸笼，打豆浆。

因为是城中村，租金倒还便宜，楼梯道是每月600元，楼上住房是每月300元，每月除去所有开销，能存上8000元，那时候非常满足，下午切好菜准备好第二天的食材，我就去附近旧书店淘很多书看，日子倒也是安稳静好。

只是好景不长，有天早上起床后看到，全街道上都挂着红条幅，上面写着，为改善居住环境，要配合拆迁，为建设美好家园，三天之内全得搬走，这消息突如其来，连房东也大感意外。

我们把冰箱里剩余的馅儿做了一点包子，八点多一点，穿着制服的人"噔噔"全来了，那阵势挺吓人……配有喇叭在喊，就是劝我们赶快撤离。

那些人对我们的卖台桌子敲打、脚踹，对我们大声呵斥。我说把这点儿卖完就收走，他们也不肯，只好浪费了好多食材。

又得搬家，出去找店，那些年赚点钱就这样倒腾掉了，市中心繁华好的位置不会拆迁，但又没底气、没资本去租，转让费就让人望而却步。

在西安我才知道，仅面条就能做出那么多品种，担担面、菠菜面、裤带面、蘸水面等。

我特意去点了份裤带面，一个大瓷盆碗里只放一根宽面条，放点芹菜叶，配个放有调料的小碗蘸着吃，吃起来倒也是劲道美味。

在西安四年，我知道了陕西是文学大省，知道了柳青、路遥、贾平凹、陈忠实等文坛大咖。

在十三朝古都几年的谋生，对我人生影响很大，也就是那时，我才看了《平凡的世界》《人生》《白鹿原》《我与地坛》《长恨歌》等文学书籍，得感谢旁边有个旧书店。

城中村各家店每天不知接待多少顾客，吆喝声，锅碗瓢盆敲打声，三轮车从门口过响铃的声音，倒也是一片欣欣向荣。几多繁华，几多沧桑，人间烟火，市井气息，百态人生尽在这小小的村落。

## 全职写作那些事儿

全职写作听起来十分诱人，以至于听到很多人都在谈论何时能实现自由写作。前几天，我在微信群里看到，有位文友写了篇很长的文章，内容是写她的梦想，是四十岁后做一位全职的自由写作者。

她的分析就是，全职写作可以有大把的时间来安心读书写作，不需要受任何束缚，全心全意把一件事做好，大有一种我的时间我做主般的惬意。

我不知道她现在具体多大年岁，但看得出，她对这个梦想是执着与渴望的。有梦想总是好的，它会给我们带来强大的动力和激情。

我开始全职写作已经有一段日子了，我来说一下我的感受，一切并非想象中那么好。

在家人眼里，我坐在那儿抱着手机或开着电脑，敲敲打打，那压根就是在玩儿，他们不会懂得你是在耗费脑细胞，耗费精力，这种累是看不见的，并不比在工厂里工作轻松，但家里人只用他们的眼光来看待，那就是不务正业。

曾经看到一句话，假如你的丈夫或妻子是个作家，他（她）正在思考发呆，你千万别去打扰他，因为他（她）正在创作。

多少人可以做到不去打扰呢！需要有多好的情怀和包容心？生活里的鸡毛蒜皮，柴米油盐酱醋茶，人情往来，孩子教育等问题要去一一面对。

我最近在家写作几个月，得出的感慨就是，天天都有好多杂事，最大的讽刺就是全职写作后并没有兼职时写得多，顶多只是阅读得多点儿。

每天各种微信群的信息需要回复，还真是烦不胜烦，时间就这样从指间滑过。最主要的是自己没有很严格的时间管理，尤其是过年间，走亲访友，忙忙碌碌就是很难静下心来。

都说自律即自由，又有几人真能做到？人一散漫下来，没有职场的工作，没有高压力，没有多少与人的交集，反而更没有灵感，有时对着电脑，一个字也写不出来，焦虑如影随形。

还有身体的各种不适，以前做服装时就有肩周炎、颈椎病，写作后是愈加严重了，身体像个破罐子。五年前腰痛常弯不下来，当时拍过片，有轻度骨质增生，这几年相安无事，最近又开始犯起老毛病，恨不得走路用手撑着腰走，不知为何年纪轻轻就有许多毛病，犹如一个老奶奶。

想起一位同是在家写作的文友，她写连载投入时，饭都忘记吃，身体也有许多小毛病。她老公就调侃她，路遥早逝后，到底出名了，你写作一年没看到啥名堂，就已落得一身病，你这划算吗？

所有的写作者都会有相同的职业病，不信，你去问问，我有时也问自己坚持写作是否合适，以后的路该怎么走？

曾看过文友吧啦写她在家做自由职业者，她父亲每天会做不同的早餐，各种营养粥和食物，知道写作烧脑细胞，想方设法为她做各种补品、新鲜吃的。吧啦每天可以全心地在楼上书房待着阅读写作。

很多人都羡慕她有个很好的原生家庭，独生女，父母也是热爱文字之人，宠爱她理解她支持她，一直生活在自己父母身边，这是我所羡慕不来的。

我的婆婆也算不错，但毕竟是隔着肚皮，她还是老公的继母，在对我和孩子方面已是很伟大的了。

但对于我在家写作，她怎可能做到像吧啦父母那样？很多婆婆都做不到。她觉得我就是在玩手机、电脑，她常唠叨说我爱闷头待在房间，会把孩子影响坏了，她不认为写作有啥前途，安心上班才是正途。

她所理解的是，我在家里，就应该把所有家务扛下来，包括俩孩子的接送、烧饭、搞卫生。反正在家里工作，大家并不觉得你是在工作，就觉得你是个大闲人，理所当然地该多做点，除非是有很明显的成绩可能会好点。

可是写作是个持久活，很多人写一两年也未必有啥成绩，多少人呕心沥血写一生依旧是默默无名，需要有多深的爱才能一直坚持？需要有多强大的内心，才能面对各种质疑？

家人亲戚的反对，其实他们要的就是个结果，说白了就是钱，他们会问你一月赚多少钱，一年能赚多少钱？

看吧！这就是生活的全部真相，所谓的梦想情怀都统统给它让路。

当他们知道我能通过写作有所回报时，态度会好很多，可我不喜欢把事先说出来，或者会说少点，这是摩羯座人的特点，不希望家人对自己的期望值过高。

## 第二辑 谁的逆袭不带伤

## 我的美食达人二妹

我的二妹从小就被村子里人夸赞长得齐整、秀气，公认为是我们姐妹三人里长得最好看的。她从小就嘴甜，特别勤快，不像我木讷又倔强，不愿按大人的喜好来做。

幼时，家庭变故，一位远方亲戚，总想要把二妹领回家去养，他们就是看重二妹可爱乖巧，特别喜欢。妈妈终是舍不得。后来，那家人做生意发展得非常成功，小姨提起这事常遗憾地说，小二子小时候要到那家去，命运就会不同了，至少会上大学。

说起来惭愧，二妹一直都比我懂事早，做事也比我更细心，不管是在做临时工时，还是在服装厂工作时，或后来在日本料理店当迎宾员时，她都是认真把事做到最好，是人见人夸的对象。

她在小学三年级时，每周末就开始到厂里，烘啤酒套子，1厘钱一个，用个模具套上切好的塑料套子，每天对着煤烘，酷热的夏天加上煤炉的温度，脸上总是大汗淋漓，按件取酬，每晚就可算出当天所赚的钱。我们都是越做越起劲儿，去得最早，走得最晚。

后来我去外地打工，学校放假时，二妹就带着小妹去工厂干活儿，有一个暑假，她们俩赚了470元，管一个人学费绰绰有余，老板非常喜欢她做的活儿，质量是全厂最好的，常常会买冰淇淋奖励她。

母亲非常骄傲，觉得女儿有本事，小小年纪干活儿又快又好，所赚的钱甚至比大人还多，能得到大家很高的评价。

在我打工期间，每月和二妹通信，印象最深的是，有一次她在信中写道，在有流星滑过的夜晚，赶紧双手合十，祝愿我在千里之外的姐姐身体健康……

看到这段话的那一刻，我泪流满面，最亲的人给我最深的牵挂。

有多深的缘分，我们才能在人世间做姐妹一场，这世间和自己有血缘关系的有几个呢？

二妹初中毕业后，就跟我到沿海服装厂打工，她做事非常细致，没多久，就成为车间管理层们夸赞的对象。厂领导说，你看这个小女孩做出的衣服，这么平整，比很多老师傅做得都要好很多。

那一年，她17岁，皮肤白皙，有一双会说话的眼睛，笑起来就弯成一道月牙，还特别爱干净，同样的一双白鞋，在她脚上似乎永远不会脏，即便是很朴素的衣服，穿到她的身上，也能穿出气质来，很多人把她评为厂花，她走在厂里的哪个角落，都是同事们注视的焦点。

在最美好的青春年华里，二妹都在枯燥乏味的工厂里度过。也不乏有很多追求她的男孩，但是二妹也许是自卑，压根儿不愿找外地的，似乎觉得家门口介绍的知根知底才靠谱。

在她20岁那年，小姨把二妹介绍给他们本村的一户人家，看重他家为人好，在村子里口碑佳，家里不仅开小店，有时还承揽一些小工程，也就是我现在的二妹夫家。

妹夫中专毕业后，在上海帮别人开了两年的挖土机，婚后，就在舒城老家灵活就业，有时接点施工工程，有时帮助大公司做些修路、架桥之类的工程。

两个外甥女陆续出生，妹夫一家对妹妹很疼爱，老人们总是在外说，梅真勤快，很会做家务，性格又好，懂事孝顺，我家就需要这样的儿媳，妹妹在那镇上都被夸出了名。

小姨开心地说，是自己眼光好，给二妹瞅了户好人家，家庭条件在那个小山村也算不错的。

为了给孩子好的教育，二妹到县城去租房子陪读，前年妹夫的工程项目做得还行，很快就在舒城县城中心按揭买了套学区房。

妹妹每天做家务带两个娃，仅外甥女就是每天来回接送八趟，也够她累的，大的扁桃体常发炎，有时晚上挂水要到11点钟，二妹一夜要起来好几次，试试孩子的发烧程度，用毛巾一次次地敷上。

即使她筋疲力尽，依然是自己做早餐，她总觉得外面小店里的食品不干净，让全家吃自己亲手做的才放心。妹夫在老家乡镇干活，只有下雨天才会去县城家中。

但二妹却毫无怨言，还会抽空养花，看些文字，研究做各种美食，她把一地鸡毛的生活，过得活色生香、诗情画意，把平凡的日子过得欣欣向荣。

就在2017年年底，她在我的带动下，也开始在网络上写作、发表文章，每周更新两篇，主要分享自己做美食的心得，朴实温暖的文风。

我打心里佩服她干活的效率，很多人带一个孩子都怨声载道，感觉没有属于自己的时间，而她不仅要带两个娃，还坚持每天写文章，每天给全家人做美食。

今年的一月份，某美食平台编辑注意到了她，邀请二妹去那里更新文章和图片。

在专业的美食平台上，她也结识了更多同频的朋友，进了几个美食群，他们的拍照技术，做美食的专业度，都让二妹大开眼界，大家互相点评鼓励支持，二妹似乎看到了希望。

做美食是很费功夫的，提前想好做什么，要怎么搭配，要去选新鲜的食材，有的附近没有，她还得骑电瓶车到较远的大超市去购买，回来再择菜洗菜，配好作料，制作的每一个步骤都要拍，有时锅中冒着热气，拍出来都是模糊的，她就从不同的角度拍好多张，再进行挑选。

做好后，再想着怎样去摆盘，用什么拍照背景布、拍照道具。在餐桌上拍着有时不满意，就打开灯，让灯光和厨房窗户透进来的光混合着，寻找最好的拍摄角度。

有时觉得效果不好，她索性把菜全部搬到主卧的飘窗上。再从多个角度站着拍，俯拍，近距离、远距离拍，一道菜至少要拍20多张照片。

有时顺光拍效果好，有时逆光拍效果好，光线和构图角度十分重要，她常常在几个美食群里看，研究怎样构图，是用三角形构图还是直角构图好，如何能让图片色彩更丰富，食物更有质感，真是想空了脑袋。

有时拍到一半，接孩子放学的闹铃响了，那是她最扫兴的时候，因为接孩子来回差不多要十分钟，回来再拍，就少了热腾腾的感觉，而有的菜冷了，甚至形状就变了。

有时一道菜做好拍好，她就直接坐在地板上慢慢修图，筛选照片。

她发出的一张看似非常简单的图片，有时候却是花费很多工夫拍出来的，要从各个不同的角度来拍，为了拍照效果，还要配上不同颜色的桌布，每个细节都要反复去研究、揣摩。

她把做好的菜上传到美食平台，会有审核机制，分为普通菜谱、优秀菜谱、精华菜谱，有点赞收藏的就会有点小福利，几元到几十元不等，精华菜谱的福利自然更多些。

2018年4月，二妹正式成为那个平台的签约美食达人，从开始的一星慢慢升级到四星，达到五星的话，就有出书资格。

她还经常受平台邀请，做在线视频直播，前不久的一场在线视频直播，是她做红烧鱼的制作过程，视频可以剪辑包装在平台上销售，这又是一份不错的收入。

随着曝光率的增加，陆续有新的机会找上门，有其他新平台邀请入驻。2018年上半年，北京生活频道《快乐生活一点通》的节目编导邀请她去参与拍摄美食节目，这又是一个小确幸和惊喜，也是支持她坚持下去的原动力。

做自媒体者，有自己的擅长领域才更有利于发展，二妹就是活生生的例子，她的视频直播，就是让大家通过手机、电脑可以看到她制作美食的全部过程，这是很好的展示方式，能给粉丝带来最直观的感受，自己也能获得相应的收益。

前不久，她买了部佳能相机，最近在学习摄影。她说美食不但要做得好，拍照也非常重要，只有这样，才能相得益彰。更让她开心的是，她的拍照技术进步神速，有好几个网友发红包买她的摄影照片。这样她又可以有多份收入了。

她说，每次看着自己做好的美食，还有网友的点赞和留言，满满的都是成就感，忘却了种种劳累，这就是一种幸福吧!

希望努力认真的二妹未来会有更多的机会，做着自己喜欢的事，同时从喜欢的事中获得更多的名和利。

## 与君成悦：世间的美好都不如你

我从未想过，我会遇见灵魂如此芳香的女子，这样的女子更像是个传奇，如同人间四月天，世界上再多的溢美之词也不足以表达她万分之一的美好。她就是与君成悦，而我叫她成悦。

都说相似的灵魂总会相遇。我与成悦相识于某平台，至今已有近一年的光景了。一年的光景，说长不长，说短不短，但足以让一个人蜕变成为另一个人。

刚认识成悦的时候，她和我一样，只是某个平台的小作者，无名无权，普通得不能再普通。然而，仅仅半年的时间，她便在这个平台火了起来。

那时候，我总能在首页推荐里看到她的文章：《我的外祖父是个道公》《遁入空门的女人》《我的诗和远方再无你》……一篇比一篇精彩，一篇比一篇火爆，让我打心里折服于她的才华。

但那时的我们，仅限于彼此互为读者的关系，只是远远地观望着、欣赏着，并不算了解，而我也只是通过她在平台的主页介绍里，知道她是广西的，和我一样，同为 80 后的辣妈。

后来，她和我一起，都签约了这个平台，签约的时间，相差不到一个月。也就是从那之后不久，同为签约作者的我们才有了更进一步的联系——互加了微信。

闲聊几句后，感觉到我们有着许多共同的地方，如：都是宝妈、同样热爱文字、老公都姓刘……不同的是她远在广西，而我在安徽。

除此之外，她的学历比我高很多，她是中文科班出身，曾在北大深造，是当地作家协会会员，当过记者，做过编辑……文学功底深厚，擅长小说、故事创作及新闻创作，所著的长篇小说《青春·浪淘沙》在当地杂志连载中，获省级各种新闻奖，多篇小说发表在省内杂志及报纸上，是当地名副其实的实力派作家。

但这并不影响我们之间的相互欣赏，她欣赏我的奋斗精神，我欣赏她的才华和思想。我一直相信缘分，这个世界里，每一个闯进你生命的人，一定是前世与你有过千丝万缕情缘的那一个。

芸芸众生里，我与成悦相遇在虚无缥缈的网络世界，已经是一种缘分，不想我们之间还有着更深刻的缘分。那就是我们俩的女儿有着同样的名字。

犹记得，那是在去年年底的某天，她突然发来微信："齐齐，你的女儿叫刘佩瑶？"我回复了个问号，因为没有哪个文友特意问这话题。

她说在我的微信公众号看了几遍，还以为自己是看错了，原来，她刚满月不久的小女儿也叫刘佩瑶，这是多深的缘分呀！

从那之后，我们的心灵距离又更近了一步，我也因此了解到她更多的个人生活，也算是因为文字走进了她的生命。

在她的文字中，我得知她传奇励志奋斗的故事。

1987 年出生的成悦，比我小几岁，但故事和经历并不比我少多少。确切地说，她的人生经历是丰富的。

成悦是个土生土长的壮族姑娘，家乡在广西防城港下面的一个小县城，以甘蔗为主要经济作物，县城位于十万大山北麓，可谓山清水秀，更重要的是地灵人杰。

说地灵，是因为这里环山绕水，近山近海。从县城到十万大山腹地不过四十分钟，去海边也不过一个多小时。

呼吸着十万大山的空气，喝着明江河的水，吹着港口的海风，这样绝美的环境，让这个小县城里萦绕着浓厚的文学气息。

成悦的父亲和姑姑就是被浓厚的文学气息熏蒸出来的文人。早在成悦出生之前，祖父被迁葬在风水先生所说的一块宝地里，据说迁葬是为了给家族祈福，迁葬的那个地方地处沙山环绕的穴位，真龙行止之处，容易出文豪。

也不知道是命运还是巧合，她的家族有好几个人都走上了文学道路，她父亲在结婚后又继续深造考上大学，毕业后成了当地的语文老师，她的姑姑则是诗人。

童年的成悦乖巧伶俐，成绩优秀，在父亲的影响下，爱上了读书，她读过的第一本文学书籍就是《西游记》，还是她父亲手把手教她用新华字典边查边读完的，那时她才小学一年级，可见家庭环境对一个人的影响有多重要。

成悦从小耳濡目染，知道了读书的重要性，从初中开始就一本一本地写日记和散文。上高中后开始尝试写诗歌和小说。

都说成悦是个奇才，她自诩自己是个"跛腿"，因为成悦的文科很好，理科却相对逊色。所以，高一的时候为了扬长避短，她毅然决然地选择了读文科。

而在文科所有的科目里，她最擅长的则是语文。150分的语文，她总能考140多分，尤其是作文，经常被老师当作范文，在班上读给同学们听。

如此，因为热爱文学，高考时她毫不犹豫地选择了中文系，系统地学习了文学相关理论知识。

大一时，她开始在网络上发表文章。从此之后，一发不可收拾，整个大学时期，文学作品"横扫"校报和一些文学期刊，成了学校里小有名气的才女。

大二开始，成悦加入了学校的记者团，之后被推荐成为省报驻校记者，经常在省报上发表文章，这为她积累下了大量的文学创作素材和经验。

成悦的父亲是个中学语文老师，她的母亲在银行工作，都是工薪阶层。成悦还有一个比她小一岁的弟弟。工薪家庭，比上不足，比下有余，本可按部就班学习成长，就不会遭受贫寒困苦。然而，成悦却是励志的代表。在她的文字里，一直强调："越努力，越幸运"。

成悦真正的奋斗史是在本科毕业之后，本科刚一毕业，她就去北大深造。在那里，她邂逅了她的真命天子，同为北大才子的"刘书记"。

缘分是一件很奇妙的事情，成悦时常说，在这之前她从未想过，她会遇见他，更不敢相信，她会和"刘书记"走在一起。

那时的她去北大学习，不外乎是为了一场所谓的"不甘心"。大三时，因为受到对方父母的反对，成悦的初恋男朋友和她分手了。

她向来是个重感情的人，所以那一场初恋让她受到了致命的打击。在远离家乡2000多公里之外上大学的她，几乎把所有的感情都倾注在对方身上，全心全意地付出，到最后却是以分手而告终。

她心有不甘，为什么拼尽全力的爱，到最后却以失败收场？她不明白。没有人知道那一场爱情里，她曾经有多绝望！

零下十度的北京城里，成悦被前男友的母亲从家里赶出来后（原因是男友的母亲嫌弃成悦个子矮，成悦只有一米五几，而男友将近一米八），一个人走在空无一人的大街上，冷风呼啸，雪花飘飘。冷得哆嗦的她，孤独地行走着。然而，对于她而言，心灵的寒冷要比身体的寒冷来得更加剧烈。

三年，一千个日子，对于一个痴情的女孩子来说，没有什么比失恋更痛苦的事情。带着和他的满满回忆，她真想一走了之。

可是卑微地活着总比高傲地死去要好，从天桥上跳下去，顶多碗大个包，血流干了，前半辈子就白过了。

父母知道她情绪不好，便叫她赶紧回了家。父亲向来严格，打小就教她坚强，不许她掉眼泪。

有一次，她偷偷在房间里哭，楼下的父亲听到后大怒，一脚踢开她反锁着的门，大吼起来："哭什么哭？为这种人哭，算什么？这世界上难道就他一个？你才20出头，人生还长着呢！"

父亲向来温文尔雅，很少发这样的脾气。父亲的脾气让成悦吓得赶紧躲进被窝里。也就是在那一刻，她知道了，自己一个人的事情，影响了家里太多的人，她应该觉醒了。

在这之后，父亲又买来了一堆书，史铁生、朱自清、钱钟书等大师的作品，放在她的书架上。成悦知道，父亲是希望她通过读书治愈内心的痛苦。因为，他无法替代她去承担失去一份爱情的痛苦。

借着那些书籍，成悦慢慢好了起来，她向来有写作的习惯，不如趁着这个时候把那些悲伤的过往写下来。毕竟，真正能够治愈自己的是去正视你不敢面对的痛苦，然后去努力击败它所带来的阴影。如此，她开始了真正的另一类文学写作，即长篇小说。

那个寒假里，成悦写了整整7万字，尽管后来没有写完，但这些有关青春失意的文字，为她的写作功底奠定了深厚的基础。加上后面写的，到现在她存了近百万的文字。

"感谢那些曾经伤害过自己的人，是他们磨炼了自己的心智。"如同她在文章中写到的那样，那一次感情，让她从幼稚慢慢地走向成熟。

的确，人生总要经历过一些大喜大悲，才知道路要怎样走。如此，不服气的她，决定要去读北大。一来有报复前男友的意思，二来有她曾经的一个梦想，如此地坚定。

　　寒假结束，回到学校之后，她便开始追求她的北大之梦。大学毕业后，作为优秀毕业生的她，被推荐到了北大，于是有了后面的故事。

　　"当你认真去做一件事情后，你只是去关注这个过程，你就会忘记当初是为谁去努力的。"所以，她很感恩前男友当年的不娶之恩。

　　遇到刘书记之后，她开始了全新的人生。上天是公平的，你在这里失去的，将会在另一个地方重新得到。不管昨天的你经历过多大的痛苦，时间会慢慢地抚平内心的创伤，而要想真正忘掉一段感情，就是去开始另一段感情。

　　去北大报道的那一天，方向感不是很好的成悦，因为找不到第二天要上课的教室，兜兜转转在北大的图书馆附近绕了几个大圈，都没绕出去，最后只能求助于路人。

　　而刘书记就是曾经的那个"路人甲"。北大图书馆门口，刘书记抱着一摞书，刚从图书馆里出来，就遇到了骑着自行车，在门口东张西望的成悦。

　　眼神相对的一瞬间，成悦被刘书记的面善和身上的才气吸引了，而刘书记则被成悦娇小可爱但水灵的样子及骨子里的散发出来的气质迷住了。

　　于是，这一场问路就成了美好情缘的开始。刘书记在给成悦带路之后，带着她一起到了未名湖的石坊里转悠，出于礼貌，学长带学妹熟悉校园也实属正常，然而正是这样的一份毫无其他目的的"礼仪"，在石坊的交谈里，两个颗心越来越近。

　　从亚里士多德到红楼梦，当时在北大读研二的刘书记侃侃而谈，越聊越深入，成悦则竖起耳朵认真听他讲解。走着聊着，竟然发现两个人有着一个最大的共同爱好,那就是读书。

北大的时光,和自己最爱的人,徜徉在知识的海洋里,偌大的图书馆成了他们精神的家园,所谓的美好的爱情不过如此:我陪着你一起实现你的梦想。

成悦喜欢写作,刘书记就经常给她找资料,给她买来很多很多她喜欢的书籍,每写完一篇文章,刘书记都作为第一个读者,给她点赞、打赏、评论。

三观一致,感情稳定,毕业后,因为恋家,成悦放弃了去国外孔子学院做对外汉语教师的机会,回到了家乡,在体制内工作。而刘书记则为了她也放弃了大城市的高薪工作,从北京来到了广西,作为一名北大定向选调生,从此情系南疆,在广西的一个地级市里工作,扎根基层。

怀才就像怀孕,时间久了就会看出来。刘书记的才华很快就得到自治区领导的赏识,不久之后就由地级市调入自治区的党委部门。而成悦却一个人留在了老地方,两人开始了两地分居的日子,而这一分开,就是好几年。

随后,为了响应国家精准扶贫政策,刘书记被单位下派到靠近越南的一个边境贫困村里,作为贫困村的第一书记,成悦也因此和大家一样喊他为"刘书记"。

两地分居,聚少离多,成悦几乎承担了所有的家庭重任。白天上班,晚上带孩子,辛苦是无疑的。

然而,更辛苦的还在后面。大宝三岁那年,成悦怀上了二宝。而因为婆婆还要带小叔子的儿子,所以只能把大宝一起带回了老家。

成悦只能自己照顾自己。那时候的她挺着个大肚子,每天骑着电动车上下班,单位领导都很照顾她,好让她轻松点,所以加班也比较少,成悦人缘好,讨人喜欢,所以食堂阿姨总给她多打点菜,有时还专门炖排骨汤给她喝。

刘书记心疼她，也觉得因为扶贫工作，不能经常回来，挺对不起她，所以每次回来都主动替她分担家务，照顾她的生活，每每这时，成悦觉得自己就像一个孩子一样被他照顾着，如此深情，自己平日再苦再累也值得。

而成悦对刘书记的支持也是不容置疑的，在她眼里，刘书记舍小家为大家则是英雄的行为，所以她从未怪他。

世间美好的爱情大抵如此吧，你疼我像个孩子，而我崇拜你像个英雄。在这样的相互扶持下，成悦的写作道路越走越宽。

成悦怀二宝后，因为怀孕了，不用经常加班，所以在过完头三个月排山倒海的妊娠期后，2017年5月份，成悦重新捡起了她喜欢的文字，在网络开始大量地创作。

每天写六七千字，几乎是一天一篇短篇小说，坚持日更的那个月，竟然写到了20万字，也就是在那段时间，她签约了平台，而整个孕期，她整整写了将近五十万字，直到生产前一天还在码字。

一个弱女子体内究竟含有多少能量啊！很多人怀孕期间都是足不出户地安心养胎，而她却选择了将文字作为胎教，每天与文字结伴。她总是说，生活里有文字，就有一切，所以她并不孤单。

那时候的她，每天下午下班后，就开始在电脑上码字，她常常沉浸在文字的世界里，那是属于她独自的幸福时光。

有一天晚上，她文思泉涌，一口气写到十点多，直到保安来催，她才关上电脑，骑上电瓶车回家。七月的天气如同孩子的脸，说变就变，忽然暴雨倾盆。那晚，是成悦回忆起来最心酸的夜晚，电动车没有电，手机也没有电，身怀六甲的她就在雨中推了一个小时的车才回到家。幸好，第二天，她身体上并没有大碍。

生产之后，过了月子，她又重新捡起了文字。当时，她正在休产假，来照顾她的婆婆因为有事，且身体不好，就回了江西老家。她一个人带着两个孩子生活，一边创作，一边读书。

在人生的道路上，成悦总觉得自己很幸运，因为这一路走来，她碰上很多好人，比如她笔下的Q君，即视而不见——一个有情怀有大爱的慈善家，他们一起帮扶了数十个聋哑儿童，并给他们申请到免费佩戴助听器的资助，他们还一起捐资助学。

而我想，其实那些都是她自己积累的福报。这些年来，她无私地帮助过很多很多的人。

工作后，她先是做记者。那几年，她了解到有几个学生因为家庭原因而无法上大学，她四处奔波，联系到一些家庭比较富裕的朋友，给贫困学生资助，帮助他们圆了上学的梦，现在其中的一个学生也已经读到了研究生。假如未来，我有了影响力，我也要学习他们的精神，去帮助一些需要帮助的人。

2015年的5月初，成悦的同事产后大出血，出现了失血性休克，经过抢救，人总算是保住了，但前后的医疗花费将近30万，这对一个普通的工薪家庭来说简直是天文数字。

单位的领导得知这件事后，组织全体职工为他们捐款。短短一个星期，爱心捐款就将近10万。当时成悦的大宝刚出生没几个月，得知同事的不幸遭遇后，她主动提出为同事的孩子喂养母乳。

原来，那个同事短期体内残留有大量药物，不适合给孩子喂母乳，而喂养奶粉的价格又是这个家庭目前所难以负担的。成悦主动提出帮忙母乳喂养，不仅给夫妻俩解了燃眉之急，也给他们那个摇摇欲坠的小家带去了爱和温暖。

这件事当时广西的新闻也有报道，但成悦低调地让记者用了化名。"因为我觉得，做好事不是为了让大家知道，然后去夸奖我，我只是希望自己能够真正地对他人有帮助。"成悦这样说。

去年成悦生下小宝后，刘书记的远房堂妹燕子患了尿毒症，她在网上给燕子发动了募捐，得到不少人的帮助和支持，共募捐到一万多块钱，这些钱解决了燕子做血透的燃眉之急，延续了燕子的生命。

春节期间，成悦回了老家，看到燕子家庭实在困难，长期生病又不能给儿子喂奶，自己便主动给她儿子喂奶。也就是说，成悦前后给两个别人的小孩无偿喂过奶。其实这对体力消耗是非常大的。

除此之外，后面从记者转入事业单位做行政的她，熟悉医疗制度，利用健康扶贫的政策，帮助了很多个扶贫对象，不少人减免了数万元。在自己的能力范围内，配合刘书记做好扶贫事业。

"可能是好人有好报吧。"成悦一直觉得很庆幸，所以这一路一直以来遇到的都是好人。在她的文章里，我们总能看到这样美好的句子："助人者，天助之。"

而成悦更是励志的典范。我尤其佩服她身上的那股拼劲。出了月子，她每天夜里喂奶过后，凌晨4点多就爬起来写文章，写到7点，雷打不动，每天三千字，每天读百页书。

她总说："觉可以一日不睡，字不可一日不写，不写笔头就会生锈。"

成悦不仅仅注重精神的修行，还注重身体的锻炼。怀二宝前，她还能做到坚持每天锻炼一小时，练出了马甲线。二宝出生后，产后6个月，她又开始了热爱的健身，每天坚持跑步半小时，一边跑一边语音输入，写下她跑步健身过程中的所思所想。

积极阳光，努力自信。成悦总说，对于没有生在一个富裕家庭的她，通往成功的唯一之路就是勤奋和忠诚。

勤奋是对写作的执着，而忠诚是对朋友的真心。你若和她相处，总能感觉到她为人谦和，积极乐观，很少抱怨，喜欢成全别人，总在鼓励大家不断进取，她就像一缕阳光，指引着深处黑暗的人奋发前行。

今年成悦还在网络开设有自己的写作课、读书会，帮学员细致地修改作业。学员很多,但她总说,这并不能成为她不好好教学,降低教学质量的理由,因为作为老师,你对着的是几百个学员,而几百个学员里,你是她们写作上的指路人。

"时刻保持着一颗善良的心,永远在自己的能力范围内帮助别人,要让深处迷茫的人看到希望。"这些已然成为她的精神信仰。

对于课程,她更讲究的是缘分,无缘不聚,无缘不来,正是这样一颗佛系的心,没有太多的广告和宣传,报名的人接踵而来。

"课程最重要的是口碑,得到口碑的前提是你去用心地对待每一个学员,学员不傻,你真诚地对待她们,她们能感觉到。"成悦说。

而也正是这样一颗真心,毫无架子,和蔼可亲的她,与众多学员成为了好友。与人为善,她也因此赢得了同行的尊重。

"把人做好,把事做好,财富自然就来。"正是这样一颗坦荡的心,让她成为了同行业里的佼佼者。开课,接稿,写文案,找她的人越来越多了。尤其是课程,她的课程复购率达到90%,可见她的负责用心,读者黏性非常高,都愿意一直追随着她。

一手抱娃,一手用手机语音写作,写文案、拆书,收入比之前翻了好几倍,产假后,她计划辞职,为了陪伴两个孩子,也为了赢得更多写作的时间,她决定走出体制,做一名自由写作者。

既能写作创业,闯荡职场,笑傲"江湖",又能相夫教子,出得厅堂,入得厨房,用知识变现,实现财富自由,铁铮铮的斜杠宝妈一个。她的文章上了多家微信大号,读者粉丝越来越多,签约多个大号平台,新书正在出版中,大家都纷纷被她的才华和勤奋努力震惊折服,向她抛出"橄榄枝"。

如今的她,事业蒸蒸日上,家庭美满幸福,让人羡慕不已,精神和物质双丰收,身体和灵魂一直奔走在梦想的路上。问起她还缺什么?

她笑了笑，说："时间。"

的确，她每一天的时间都安排得满满的，一天24小时根本不够，所以她的工作和生活总要精确到分秒上，她也因此成了时间管理达人。

三十岁，人生的一个分水岭，跨过去就是万里晴空。而成悦不仅仅跨过去了，还创造了属于她人生的一个辉煌。接下来，我相信她还会有无数个辉煌的瞬间。因为，她是这样美好的女子，如同她的名字：与君成悦。

## 一个从大山里走出来的女孩

我与飘扬相隔千山万水，却在文字的海洋里相遇，她的笔名叫飘扬的鹅毛，但大家习惯叫她的昵称飘扬。缘分真的很奇妙，我们竟然是同年同月出生的，还有着相似的不幸童年和贫穷如洗的家庭背景，而且我们的第一本书签约的都是同一家出版社。

她是一个吃过苦的人。

所以，用她的话来说就是过早懂事了，尝尽了人间辛酸。

但，没有办法，出身别无选择。上帝指定我们这一天来到人间，将要毫无缘由地过完这一生。

她的家乡在一个山清水秀的江西偏僻大山沟里，连公交车都无法到达，除了山和水，没有其他资源，青青的山、碧碧的水很长一段时间被人们称为"穷山恶水"。相对来说，我出生地的地理位置比她那儿好些。

因为老一辈重男轻女的思想，她的母亲接二连三地生了四个孩子，然而，四个孩子，个个是女孩。

20 世纪 80 年代到 90 年代，国家的计划生育政策特别严，家里兄弟姐妹多的80后们对此都深有体会。

有一天三更半夜,严抓超生的"计划生育大部队"进村了,把飘扬家里能拿的东西都拿走了,牵牛,扒房,连床底下仅有的几个鸡蛋也在凌晨时分被当作消夜煮着吃完。黑暗中,有个人一边抹着散发着蛋黄味的嘴巴,一边把飘扬从被窝里拎起来,问道:"小朋友,你爸爸妈妈呢?"

那年,她才七岁,旁边还有一个睡得正香的妹妹,都还没有上学。这么穷的山沟里,没有幼儿园,满8岁才可以去3公里以外的村口上小学。所以,这辈子,她是一个没有上过幼儿园的人,也不曾体会到童年的快乐。

她吓得直哆嗦,嘴里打着寒战。那人把灯一开,她看见那人额头上有个镰刀形的伤疤,把她吓得缩进被窝。疤痕男人又开口了:"小朋友,告诉我们,你爸爸、妈妈去哪里了?我不打你,快告诉我们,否则把你关进小黑屋。"

她不敢说话,但心里清楚,当时她母亲躲在隔壁邻居的杂物房隔间层,没有楼梯,上去时要搭一个木梯,上去后把木梯拿走。如果没有人告知,根本找不到人。

那时,她母亲身怀六甲,大腹便便,老四终于在"计划生育大部队"进村后的第四天呱呱落地了。

那晚,她父亲不忍心听到计划生育部门的人打砸隔壁邻居的东西,跑出来了。于是,她父亲被带走,进行结扎手术。

从此,家徒四壁,甚至门上的那把锁,被那些人一脚踹开后都不曾去维修更换。因为家里实在是没有什么值钱的东西了,估计小偷进来都要蹲下哭一阵。

后来她父亲教导孩子们说:唯有读书才能改变命运。她信了。

她父亲曾经也是一个读书人,学了医,命运的一转身,与医生这个职业擦肩而过,于是当了一个农民。有时候他会给孩子们朗读毛泽东主席的《沁园春·雪》，十分豪迈、气势宏伟。

上初中后，飘扬就开始住校了。每个学生上学都要有一个箱子，里面放个人用品，衣物、米、罐子菜。而飘扬因为家里穷，连买一个箱子的钱都没有，于是她父亲跑到一公里外的姑姑家借。上学时，她每天盘算着这周带来的咸菜、萝卜干能否够吃上一周，有时天气太热，咸菜会变味、发霉。家境稍微好点的同学，可以交钱给学校，和老师们一起在食堂吃饭，每天能吃上新鲜的蔬菜，而她，初中在学校三年，没有吃过一次新鲜蔬菜。初中阶段正值长身体时期，而她缺乏营养，长得瘦小，十六岁才来例假。

她明白，唯有读书才能改变面朝黄土背朝天的命运，于是，她拼尽所有的力气考上了县城的高中。虽然是一个普通班，但她爸还是高兴地把她送去上学了。她父亲说，唯有上了高中才有机会上大学，才能出人头地。

到了县城，她不敢开口，非常自卑。来自山沟里，连普通话都说不好，带着浓浓的乡音。于是，她只能写，不敢说话。她的作文多次在校报发表，还做了广播站散文栏目编辑，多次获得学校文学大赛奖项。高二时，在中国作协、中国明史学会王阳明研究分会副会长龚文瑞老师的推荐下，她的作品在《赣南晚报》发表。她的同桌是城里人，能唱很多流行歌曲，身上散发着城里人的味道，穿着时尚的衣服、连衣裙，这些都是她无法企及却又十分羡慕的。

高三那年，有段时间，她的家乡兴起了买六合彩风潮，小至游手好闲的辍学少年，大至80岁老人，不少人都加入了买六合彩的行列。她的父亲也买了，竟还中了几千元。村里有人眼红了，去政府告发，她放寒假回来那天晚上，父亲悄无声息地被抓走了。

因为家里交不起罚金，那年春节她父亲是在县城公安局的拘留所过的。

年后初五，高三补课，她带着母亲到处借的五千元钱，跟低她一届、正上高二的妹妹去了县城。一位老师帮助她们联系了公安局一位姓尹的主任。她当时写了一封3000字的信，揣在口袋里，为了节约4块钱公交车费，姐妹俩徒步走到离学校两公里远的县城公安局，她没有坐过电梯，不知二十楼是可以乘电梯上去的，于是，她跟妹妹大汗淋漓地爬上了二十楼。到了，姓尹的主任却不在。

她怯怯地摸出那封信，交给同办公室的另一个人，她生怕那人不把一个小姑娘放在眼里，反复强调她是县中的学生，务必把这信交给尹主任，那人诺诺地点头。飘扬说她不知道哪来的胆子，十几岁，竟然敢和公务员做交谈，尽管一口乡音，但她豁出去了。

第二天，她又去了公安局。因为要证实那人是否帮忙带信，或者说一定要亲自找到尹主任，她又气喘吁吁地爬上了二十楼，她当时的念头是：必须把父亲救出来。

上次带信的那个人这次十分和蔼，问她："你和\*\*杰是同学？"她一愣，是她高一同学，并且情窦初开的她还曾经暗恋过那位眉宇间有点英俊的少年，是副班长。后来分文理科，副班长去理科班了。

很显然，这个人是看了她的信，回去后跟他儿子聊起这事。然而，她却更加尴尬和自卑起来，她暗恋的男生的父亲是公务员，而自己的父亲却已关在拘留所半个月了，人与人之间的差距竟是如此之大。

那人把她带到尹主任的办公桌前，尹主任告诉她要交9000元罚金，她一听，直流眼泪，两姐妹不停地抽搐，尹主任于心不忍，说："我也没办法，要不这样吧，我带你去副局长办公室，你们直接和分管的副局长去说。"

就这样，她生平第一次见到了一个公安局副局长，高大魁梧、长着络腮胡子的副局长，低沉地问道："你们两个小姑娘干吗？"接着，那个尹主任低声在他耳边说了几句。副局长又说："单位有规定，罚金该交的要交……"

没等他说完，年仅18岁的她哇地哭起来，"砰"的一声，跪下了，一把鼻涕一把泪说："求求你，我刚上高三，今年要高考了，我们只有五千元（她太单纯了，有多少说多少，那是她母亲东借西借才凑足的五千元，其中还有学费钱），我爸必须出来，否则我跟我妹都要辍学了……"

她用祈求的目光看着副局长，泪水和鼻涕流到嘴上，咸咸的。她说她永远记得那味道。如果当时桌上有把刀，恨不得立刻拿刀架在副局长脖子上，然后逼他放人，因为父亲不出来，她将面临着辍学，也无心读书了。

然而，副局长却叫了保安把姐妹俩撵走。这是她一生中最难过的事情，在她少年的记忆里永远抹不去。

后来，她又跑到楼下尹主任办公室，祈求他想办法，最后，尹主任告诉她罚金降低到四千元，也许因为知道姐妹俩有五千元，没得选择和商量。

她父亲出来了，出来时，已经是年后的半个月，在里面把头发剃了，是一个光头。她的眼泪顿时流成河，喉咙哽咽得说不出话来。

交完罚金以后，剩下一千元，不够姐妹俩的学费，飘扬鼓起很大的勇气，怯怯地跟班主任说，能不能缓一缓，班主任卢老师心地善良，对学生像朋友，了解到她的难处后，跟学校做沟通，缓了几个月，而且还给她争取到一份勤工俭学的工作，每天下课后打扫楼梯洗手间，每月100元。不过，她小心地不让同学知道，因为她怕同学嘲笑她，每天风光的校广播站编辑、校刊小明星，竟是一个每天扫厕所的。

高考前一天，她父亲来到县城看她。不幸的是，高考前夕她又感冒了，全身冒汗，她非常明白，父亲希望通过高考改变孩子和家庭的命运，女儿能考上大学，他脸上也光荣。

成绩出来以后，她只达到了专科的录取分数线，复读那是不可能了，因为妹妹也上高三了，家里没钱给她复读，需要她尽快出来工作。

就这样，2002年，她背上了行囊，在父亲的陪同下到了省城南昌，开始了她的大学之旅。

为了节约开支，父亲把她送到学校安顿好后，吃了个简单的快餐，即刻买了返程车票，父亲从口袋里掏出一沓票子，那是她父母在广州起早贪黑做早餐和消夜生意挣来的钱。可惜的是，后来因遭遇非典危机，她父母的早餐铺子被迫关停。为了筹措孩子们的学费和生活费，她父亲又去广东丰顺矿山打石头。有一次，一块大石头滚下来，差点要了父亲的生命。在矿山打石头。不仅危险，还让父亲落下了常年腰痛的毛病。

飘扬小心翼翼地数着父亲给的那沓钱，除去交学费的钱，另外给了一个月生活费，里面有十元、二十元、五十元的零钱，父亲还不忘叮嘱女儿说，一个月后再寄。当时她的心情五味杂陈。父亲一边说一边匆忙地挤上车，回头不停告诉她注意照顾好自己。汗流浃背的父亲，在人群中一只手拉着公交车的拉环，一只手不停地跟她告别。车子渐行渐远，泪水也模糊了她的视线。

父亲的背影是难忘的。十几年以后的今天，她说，这一幕依然深深地印在她的脑海里，挥之不去。

在忐忑和感恩中，飘扬开启了大学之旅。她先后参加了好几个社团，其中在女工部的帮助下，得到了一份勤工俭学的工作，每月多了150元收入，虽然不多，但对于她来说是雪中送炭。她最后一年的学费是通过助学贷款得到的，参加工作后才还上。

外表内向，内心却丰富的她，一直热爱文字，在大学期间还参加了文学社，当过校刊《起航》的编辑和社长。

次年，低她一届的妹妹考上了理工大学，父母亲在悲喜中又迎来了一个收获的秋天！那一年，家里四处奔波借债，恨不得磕头下跪，那一刻，她才真正理解并体会到滴水之恩当涌泉相报这句话的真谛！

很多年以后，她常常说，她一直怀着一颗感恩的心，感谢曾经帮助过她的亲戚、老师、朋友……更感谢她的父母，没有他们坚定的毅力，没有他们咬着牙坚持把姐妹们送去读书，也就没有她们的今天，更不可能在深圳有一个真正属于自己的家，成为国家的有用人才！

2005年的阳春三月，刚刚大学毕业的她，兜里揣着父亲找人借的八百元钱来到深圳。

带着梦想和嘱托，她终于离开了那个连公交车都无法到达的大山沟，开启了她的寻梦之路。

天空微微泛白，她迎着一缕晨光，从罗湖火车站的人堆里钻出来，本已蒙眬的睡眼被扑面而来的海关大楼以及远处可见的地王大厦惊醒。这便是传说中毒蛇与鲜花并存的城市。

"呵，深圳，我来了！"她心里在呐喊。

她趴在公交车的窗户上，看着车窗外川流不息的人群，以及深南大道上那飞奔即逝的宝马、奔驰，心想：自己是那么渺小，渺小得如一粒尘埃，消纵即逝。

她心中有个声音在问自己：我何时能在这片土地上扎根？未来我可以吗？

初来乍到，不敢挑三拣四。先找个工作，把自己稳定下来再说。

人生中最大的幸事，莫过于在陌生的城市有人帮助和接济。所幸，她的老师（老师后来没教书出来闯深圳了）安排她在他上班的公司，集团下属的一个全国连锁大卖场做了打单员。这家公司在2009年以H股上市。每天浩浩荡荡十几辆大货车送货，各大供货商有堆积如山的送货单子。单据中心那些老员工，噼里啪啦在键盘上敲打着13位条形码录系统，手指像在键盘上跳舞，一张单接着一张单地录，根本不用看键盘。

她不会盲打，学校也没教啊。试着盲打，也是很慢的，像蜗牛爬行，该怎么办？几个中专和高中毕业的老员工眼神异样，她们在嘀咕：现在的大学生，连个键盘都不会敲。

她的心在滴血。于是，别人上班8个小时，她主动请求上班12个小时，碰上忙，她不可能占用别人上班用的电脑练习，她就去网吧练。

半个多月的时间过后，她的指法也开始行云流水般自如起来，手指也能像其他同事一样在键上跳舞。第二个月，她就被表彰为部门优秀员工，她感动得泪流满面，付出终究是有收获的。

入职第三个月，集团内部招聘 HR 管理员。她在大学兼修了人力资源管理专业，还拿到了企业助理人力资源证书。她觉得这是一次不容错过的机会，因为，她认为自己不可能一直待在那儿做个敲键盘的打单员。尽管入职才三个月，她报名角逐这一职位，并在 60 多个面试者当中脱颖而出。集团规定要入职半年以上，但由于她各方面成绩遥遥领先，最后被破格录取了。

2005 年 7 月，她回校参加完论文答辩，之后，就开启了她十年的 HR 职业生涯。

在这十年的职场里，她经历了大型私企人员间的尔虞我诈、阿谀奉承，曾经被别人暗算过，也曾经极力反击过。

入职公司第二年，她就因其出色的表现，得到公司上下的认可，被快速提升为人事预备主管。那时，意气风发的她以为只要认真工作就行，她不懂得职场规则及处事圆滑的重要性。

一次，因为一位基层一线员工大姐的调动问题，她一度陷入人事漩涡，甚至明升暗降地被调往一个不到一百人的社区超市管理人事。

事情的起因是这位大姐要求调到公司另一卖场上班，说是因为离住的地方相对近一点，她表示理解，并告诉大姐这边需要先招聘安排人员接替岗位，并且对方同意接收调入方可安排调动。

这是一起普通得不能再普通的调动申请。但因该部门当时正缺人，部门主管不同意调动，说必须新人到位才行。员工急迫调走，主管不肯放人。

不料，次日一大早她就收到集团总部 HR 招聘中心预调动申请邮件，按照规则，应该是事先电话沟通或邮件沟通，确定没问题，才发调令。

她打电话咨询之后才得知,这大姐是集团采购总监的亲戚。但飘扬认为就是皇亲国戚也必须遵守公司规则。最起码等接替人员到位后再调动。不应该拿总部一个总监的指令来压一个分店人事主管。她越想越气。

于是,年轻气盛的她打开电脑,噼里啪啦直接回复集团招聘经理邮件:因该部门人员紧缺,等补充到位后再安排,目前不同意调动。

后来,几个电话来回,闹得不愉快。

果然,大姐没有调动成功,之后有没有调,她不得而知了,因为一周以后她被调走了!

表面上看起来,职位晋升了,也得到了加薪,但这是一个一百人不到的社区小店,比起原来五六百人的大型综合购物广场,所拥有的资源、接触到的人、能得到的锻炼机会都差距甚远。

被人暗地捅一刀的滋味非常难受。不仅是被一个不起眼的大姐通过采购总监捅了一刀,而且同是 HR 体系的集团招聘经理因不想得罪采购总监,或者被年轻不经事的飘扬不同意调动的拒绝邮件惹怒了也不帮她申辩。她以为身为门店人事主管,需要坚持原则,极力维护卖场的利益,总经理也一定会维护她,力保她,没想到结果都是事与愿违,她第一次尝到职场潜规则的心酸。

这是一次深刻的教训。这个教训使她明白,任何事情,当遇到困难的时候,可以选择各种处理方式,而不是迎头就撞上去。有时候,这一撞就头破血流了。

有些事情,在难以处理时,她懂得了要学会"踢皮球",不是任何球都可以去接。具体到那件事,当初她可以传给其他人,比如,把邮件发给部门主管,然后抄送给总经理,让他们去定夺,也许事情就得到了圆满的解决,而不是自己决绝地去回复那封邮件。

所幸后来,半年时间,她从那个小店又修炼出山了,被派到旗舰店任职主管,直到 2009 年五月份离开。上市不到两年的集团公司,因为电商的迅速崛起，零售业受到极大冲击而进入寒冬。

职场打拼十年，也换过两家公司，她的职位慢慢到达可以直接和老板汇报的级别，但同样诸多暗箭难防。她与公司共患难，参与了腥风血雨的裁员计划与谈判工作。裁员意味着有人要丢饭碗，其中一个吊儿郎当的司机，经常骚扰公司女同事被断然裁掉，接下来，身为人事主管的她三番五次接到恐吓电话，声称：你等着，有你好看。人事主管被杀案例不少，她吓得不轻，每次下班都是在惊恐中从公司走到公交站台，下车后，在暮色中慌慌张张混在人群中回家。

职场一路跌跌撞撞，爱情也不顺利。经历过失恋，经历过撕心裂肺。2013年，父亲牵着她的手，将30岁的她送进了婚姻的殿堂，最终收获了爱情和婚姻。2014年，从事十年LED灯具研发的丈夫创立公司，她一边工作，一边周末到丈夫公司帮忙，做最普通的生产流水工，负责打包发货。

一个从事HR工作的姑娘，手持镊子将一个个小小的LED灯珠芯片夹到电路板上，正负极对好后传给丈夫焊接。企业初创，没有请工人，只有兼职的外贸业务员，做的第一款灯是卖给西班牙客户的水底灯。一个对这行一无所知的人，竟也认识了很多专业术语，诸如：COB、贴片、5050、ip20\ip65、流明等。

有一次，一个澳大利亚客户因为货物运输途中破碎、太阳能灯的铝电池受航空管制在机场被扣押，而大发雷霆。

面对客户的谩骂，面对无论如何解释，或进一步协商售后服务，客户都不接受，她只好一个人偷偷流泪。幸好丈夫安慰她："实在不行就把电脑关了，让他骂，骂完下次还找你。"她破涕为笑了。

从2005年到2015年，飘扬在深圳奋斗了整整十年，和丈夫的共同努力，终于实现了买房扎根深圳的梦想。想起刚来深圳的那个清晨，她曾经问自己：我这个从大山里出来的女孩，未来可以在这座城市扎根吗？现在，她实现了。

董卿说：人生，是一首诗，它的名字就叫青春。当我们再次回望飘扬的来时路，回想那个曾经站在一缕晨曦中，呆望海关大楼和遥不可及的地王大厦的女孩时，我们欣慰地笑了。现在，她可以很骄傲地说：曾经青春的我努力过，奋斗过，哭泣过，也欢乐过。

寒门真的难出头吗？是的，真的很难，但坚持不懈努力，终会有出头之日的。

她虽不是凤凰，但是，十年后，她终于实现自己的梦想，在这个城市里过上了自己想要的生活。

生女孩没有用吗？其实男孩、女孩一样，飘扬四姐妹正在向农村重男轻女的思想宣示着一股反抗的精神，树立了一面女性坚强勇敢的旗帜。

2010年，在姐妹们的共同努力下，四姐妹把家里的老房子拆了重建，山沟沟里迎来了第一栋复式小洋楼，是她们村最漂亮的一栋房子。她们的父母对如今的一切非常知足。

2017年，偶然机会，飘扬又重拾年少时的文学梦想，开启了文字之旅。一年写下了近五十万字的原创文字，其中第一部长篇励志爱情小说《世间的相遇都是久别重逢》2019年出版上市。另外，电子书《一个从大山里出来的女孩》《回忆我们四姐妹》已在圣才电子荣誉出版。后来也陆续有出版社邀她出书。写作一年，她收获了人生中从未有过的快乐和成就感。

她说，过去的十年，为了眼前的苟且，没有情怀和时间去追求诗和远方，如今，她完美地实现了从行政人事经理到全职作者的华丽转身。

童年和青春年少的那些伤，曾给她带来痛苦和希望，但更多的是教会了她如何在逆风中飞翔！

也许，我们拼尽一生所到达的终点，往往不过是别人梦想的起点，但那又如何，即便如此，我们也要朝着自己的梦想去追寻！

## 她不当大学教师，只为追逐诗意自由的人生

吧啦是我认识的第一位爱穿民族风格服装的女子。她有一肩柔美的长发，喜欢穿小巧的绣花鞋和颜色别致的民族裙。她有一口很好听的娃娃音，软软糯糯的，非常惹人喜爱。

她是湖南湘西人。27岁的她，现已出版三本书（第四本已交稿）。她曾当过一年的大学教师，现为自由写作者、摄影师、设计师。她是雪小禅公众号的主编，自己也拥有3个微信公众号和数十万的粉丝。

她常常背着沉重的设备，去全国各地旅拍，不嫌苦、不怕累，勇于追求自己的梦想。

旅拍听上去很美，其实，无论是从体力、耐力，还是审美能力而言，它都是相当考验人的一份工作。她说："相比于拼命，努力只是一个浅薄的词。"

摄影、写文、设计，每一样她都是佼佼者。雪小禅曾说："上天太厚爱这个女孩子了，给了她美貌，又给了她才情，她的艺术灵气闪着动人的光，且年轻得像株小白杨，在她这个年纪，我不如她。"

2018年，一家旅游公司看重她的影响力，资助她开了首家"茉遇见莉"客栈，地点就选在她的老家湘西浦市古镇。设计出身的她，希望让这间客栈独具古风之美，成为她人生履历中的一张名片。

她说，大家拍照可以去她的客栈，整个古镇都是美丽的背景。

时光赐予她金线，她把它们编织成梦想。

吧啦的笔名源于《左耳》里的黎吧啦。她有个超级闺蜜，同时也是她的高中同学，名叫艳姐，她们志趣相投，她想做艳姐永远的吧啦。

2014年，《左耳》的作者饶雪漫去西安办讲座，吧啦去了现场。吧啦讲起自己的笔名来源，饶雪漫说："黎吧啦结局不好，你还是改笔名吧！"雪小禅老师也说："吧啦这名字像个稚童，还是本名李菁好。"

她的第二本书《当茉遇见莉》由作家出版社出版时，把作者恢复成原名李菁。

认识吧啦，缘于几年前我常闲逛的QQ空间。那个时候，学会用手机上QQ后，我每天喜欢玩玩QQ空间，看看好友们的说说和日志。或许是天性里有热爱文字的成分，我无意中关注了很多写作者。那个时候我经常关注一位叫云卷云舒的青岛才女，她书法、绘画、摄影、写作样样精通，办过画展，空间日访问量达数万人次。

某天，云卷云舒发了条配图说说：收到湘西灵气美女作家吧啦的新书。当我看到吧啦在评论处回复时，强烈的好奇心驱使我关注了她，云卷云舒称赞的人肯定错不了，从此追随至今。

看着吧啦的日志、照片、说说，惊讶于她的美貌才情，叹服于她的温婉灵动，她真的是一个人见人爱的可人儿。

那时候，她还在陕西科技大学读研究生，攻读艺术设计专业。研二那年，她24岁，出版了人生中的第一本书《见素》。2013年研二下学期，她以交换生的身份去台湾中国文化大学进修半年，并在台湾拜访了知名作家简媜、仙枝（胡兰成弟子）等。

小小年纪的她就有勇气去拜访知名人士。吧啦说，只要是她喜欢的作家办签售会、讲座，她都会去看。然而她并不盲目，她只是为了更好地提升自己，汲取更多的能量。

她去过林青霞第二本书的西安签售会现场，还见过周云鹏、柴静、饶雪漫、简媜等名人。

她把点点滴滴都记录在QQ空间，后来，微博、微信公众号我都有关注，知道她最崇拜的是雪小禅老师。

## 吧啦和雪小禅的故事

2010年，吧啦在四川文理学院读大二，每个周末都会去新华书店，有一回，她偶遇雪老师的散文随笔集《刹那记》，从此结下了一生的缘分。

吧啦说："从未有一位作家的文字让我如此疯狂。读后，如同中了蛊一般深陷下去。"吧啦开始在网络上疯狂地搜索关于雪老师的文字与信息，日日研读。为了能给雪小禅老师留言，她注册了新浪微博。

吧啦十九岁生日那天，在微博给雪老师留言，奢望着能得到她的祝福。雪小禅有几十万的粉丝，能得到她的一句回复，该是多么异想天开的事呀！意想不到的是，雪小禅竟回复了！吧啦说，那个生日，她永生不忘。

2012年的三月，吧啦第一次给雪小禅写信。一笔一画写了整整六张纸。

"小禅姐，喜欢您的文字已经有三年了，走进您的文字世界，就像走进了一片开满红色杜鹃花的山谷，清幽境界中可寻得一种生的浓烈。

我的梦想是读研，当老师，然后出书。若这一生能活得如您一般丰盛，那我也就不虚此生了……"

吧啦托北京的文友去中国戏曲学院，事先打听好雪老师的上课时间和地点，然后让文友将信亲手交给雪老师。

2012年，吧啦参加完陕西科技大学研究生考试后，得知雪老师在天津有签售会，她果断买票前往，别人说她是追星，她说："不，我是看我的姐姐。"

之前只写过邮件和书信，这是读者与偶像第一次见面。雪老师记得吧啦，给了她一个大大的拥抱。在书的扉页上，雪小禅写道："吧啦，你来了，便是春天。"

吧啦对雪老师的爱是深沉的，去台湾研修时，她寄很多特色物品，包括手写信给雪老师，到各地旅行也不忘寄当地特产。

雪老师的每一年生日，吧啦都会收集数百份全国各地禅迷的祝福，然后分门别类送给雪老师。除此之外，吧啦还收集了雪老师所有年龄段的照片，做成水晶相册。吧啦还主动帮雪老师设计书签、讲座海报，为雪老师拍摄书中插图照片，她拍得最多的人就是雪小禅，她说要当她的照相馆，一直拍到老。

吧啦的研究生毕业论文与毕业设计都是关于雪小禅的，她反复阅读了雪老师已出版的五十几本书，一本本看，一边读一边细致地做笔记，并写下了几万字的论文。

吧啦毕业设计的作品，全是为雪小禅设计的文化产品：明信片、印章、茶杯、壶、包、信封、手机壳、书简……这些作品，摆满了几平方米的展台，既彰显了雪小禅的艺术成就，也彰显出吧啦的设计才华。

毕业展结束后，吧啦把这些设计样品打进行李箱，然后坐火车送到雪老师家里，雪老师感动得热泪盈眶。

追随一个人能做到这份用心周到，也唯有吧啦了。

这之前，出版过五十多本书，得过老舍散文奖的雪小禅，未曾给任何人写过序言，但她却为吧啦破了例。

在吧啦出版的第二本书的序里，雪老师写道："算起来认识七年了，那时她还是小孩子，自称是我的粉丝，寄来礼物白衬衣，还有她的日记……她从一个稚气的小姑娘到下笔从容的写作者……她无论去哪儿，都寄来土特产，湘西的辣酱、腊肉，西藏的藏香、银镯子，台湾的雨伞……她的文字有灵性，有深度，有张力。她艺术的才华闪着动人的光，却始终保持着低调谦逊的温度，谦卑者的姿态，在她这个年纪我不如她……"

吧啦从雪小禅几十万粉丝中脱颖而出，千山万水去听雪老师讲座，去她家为她拍照，成为雪小禅公众号主编、御用摄影师，从粉丝一路追随成为好姐妹，学生，师徒，又似母女。

雪小禅有次听陈丹青先生的讲座，被陈先生对恩师木心的深情所打动，她说："吧啦，等我老了，希望你依然在身旁。"吧啦坚定地回复："我会一直都在，不离不弃。"

她们在一起，谈得最多的是文学。

雪老师说："不要去追求10万+的时髦，我们要写给50年后的人看，我们追求的不应该是畅销书而是长销书，一个作者没读过1万本书，不要去想当作家这回事，一个作家首先是一个大杂家。"

雪老师说："写作者他只会写作，那他写出来的文章会非常的乏味，只有不断地学习、不断地涉猎，他的内心才会丰富，写出来的文章也才会有深度与厚度。"

雪老师喜欢昆曲、戏曲、绘画、书法等。她是张爱玲的铁粉，她所提到的木心、蒋勋、王安忆等人，吧啦也会去拜读研究。

她们的师生情令人动容，想必多年后，人们也会流传关于她们的点点滴滴，一如陈丹青和木心。

# 关于吧啦

吧啦曾说："沈从文是湘西人的骄傲，我也愿自己能尽毕生的力量写出好作品，让更多的人知道湘西的灵秀韵致。"

吧啦天生具有文字的灵气，文字有画面感，她既有传统文学的功底，又能轻松驾驭自媒体文，是有书、十点读书、慈怀读书多家大号的常驻作者。我们有理由相信，她一定也能成为湘西人的骄傲。

吧啦说，把自己的爱好坚持下去，有一天它会在不经意间改变命运。她在读大学时还没流行"斜杠青年"这一说法，她学设计专业，业余时间坚持写作，同时学摄影、学画画、学播音，这些努力，无形中为她成为斜杠青年，打下了坚实的基础。因为，机会总是垂青有准备的人。

# 吧啦如何逆袭

吧啦在读初中时，数学常常只考十几分。因为偏科严重，吧啦开始破罐子破摔，打架，抽烟，给老师打骚扰电话，放老师车胎气，拉帮结派组成"五人帮"。

那个时期的她是个典型的叛逆女孩，她成了家长会上老师点名批评的对象。

又一次逃课后，班主任直接把她的课桌搬出教室，意思是你不要再进教室了。她睡在升旗台下的草丛里，仰望着遥远的天空，16岁的她痛哭流涕，不知道未来到底在哪里？

爸爸第二天去学校找老师说情，她才得以再次读书，老师其实也只是为了吓唬她，并未真正放弃她。这件事之后，老师找吧啦谈话，对她说："你是我见过的学生中，对文字最敏感的学生，我敢肯定，十年后你是我们班最有出息的那一个。"

班主任（语文老师）的这句话，给堕落迷茫中的她以极大信心，那是拯救她的一道亮光。之后，她的"五人帮"因两姐妹辍学，最终解散。吧啦决定全心全意学习，做个好学生，备战中考，很快她的成绩飞速提高，语文成绩曾是全年级第一。

她如愿考上了镇上的一所普通高中，对于偏科的她已经很不容易，高一那年，有老师建议她去学一项特长，这样有机会考大学，于是她选择了画画，或许这就是命中注定。

绘画让她变得安静，她开始愈发喜欢画画，每天去画室最早，走得最晚。她开始懂得为自己喜欢的事情努力，她的书中有这样一句话："16岁那年，我就知道此生无法矢志不渝地去爱一个人，因为我把自己嫁给了艺术。"

上天不会辜负每一个努力过的人。2008年，她以艺术特长生身份考上四川文理学院，她是他们班唯一一个考上本科的应届生。

她说大学四年是改变命运的关键几年，只有把自己累得倒头就睡，才不会一毕业就失业，可见她的决心和远见。她在读研究生的时候就顺利应聘到陕西西京学院的教师职位，教授设计摄影。

她能成功应聘的原因是，她在研究生阶段就出版了自己的书籍，别人做一页简历，她认认真真做了整整14页，成功是留给有准备的人的。

2015年9月，她开始在陕西西京学院当授课老师。

2016年上半年，周冲的《我为什么离开体制？》爆红网络，热爱文字摄影、热爱自由的吧啦也选择了辞职。

她说鲁迅当年弃医从文，可以影响更多的人，她想写更多文字照亮更多迷茫的人，而不只是在课堂上。

无数人想应聘却应聘不上的职位，她却有勇气辞职，这源于她之前已有10年的文字积累，她有这个资本。

那晚，她在公众号发布文章《不当大学教师，我只为过上想要的生活》刷遍朋友圈，近千人赞赏。

记者问她为何做这决定，吧啦说："我会去追逐我的梦，会用我的双手、我的摄影、我的文字，养活我自己，我要让父母因我过上幸福的日子。"

如今她用一个梦想养活了另一个梦想，甚至养活了她父母的梦想。

每一个靠近她的人，都对她赞不绝口，她待人用心用情，不遗余力，她热爱一切美好的事物，内心柔软善良，她是一个降临人世的天使，播撒美好的种子。

她是在残酷如瓦砾的世界里寻找珍珠的可人儿。

## 吧啦的家庭背景

吧啦有一个幸福温馨的原生家庭，即便是在她初中叛逆的那几年，她的父母也从未放弃对她的思想教育，他们鼓励她坚持好好读书。吧啦的爸爸是一名邮递员，同时也是一个藏书几千册的书痴，她的母亲是镇医院护士。

吧啦的父母无比恩爱，一生没红过脸，去市场买菜都是手拉着手，结婚30年不曾分开过，她爸比她妈大10岁，她家的饭都是她爸爸负责，她妈妈一生不用做饭，而且吧啦的父亲给了吧啦足够多的父爱。

吧啦家在小镇郊区，位置偏僻。从六年级到高三毕业，不管是寒冬还是酷暑，吧啦的爸爸每天晚上都去接她。成绩考得好时，他就带吧啦去新华书店作为奖励，培养她读书的爱好，她的文学成就与她的父亲是密不可分的，初三的暑假，吧啦的爸爸送了19本一套的三毛全集给她。

从16岁开始，吧啦一直有写日记的习惯，这也为她的文学之路奠定了基础。她每写一篇作文，都会读给父母听。她曾说："冬日围在火炉边，三个人每人捧一本书，看到好句子，互相分享出来，那是她记忆里的常态。"

她爸爸喊吧啦小二，喊妈妈大一，称自己是老三，可见这是一个多么温馨的书香之家。

吧啦上大学时，手机早已普及，但她爸爸却坚持给她写书信，教导她如何做人处事，并不断鼓励她。信的开头，永远是称吧啦为可爱的小二。

她喜欢的作家是三毛、安妮宝贝、王安忆、雪小禅、胡兰成等。

在四川读大学时，很多人觉得学校偏僻，也不是什么985、211，大多抱着混日子的态度，而吧啦却非常珍惜大学时光，甚至比在高中时还要努力，竞选学校播音员，参加学生会，担任通讯社部长，申请图书馆管理员，在校刊开设专栏写文章，参加各项比赛。

即使再忙，吧啦也没有忽视学习。她获得了三次学院奖学金，两次国家励志奖学金，一次国家奖学金。毕业时她如愿以四川省优秀大学生身份上台演讲，分享她的蜕变成长。

她说，全心全意读书的日子就那几年，不赞成做太多兼职，赚钱的时间以后有的是。

她总是比同龄人看得远，看得清，早早知道自己要什么，具有大格局、大智慧。如今她一年仅摄影就收入30万元。

从吧啦身上，我们可以学到很多东西。比如，她懂得早早为自己的人生做规划，高一开始学画的时候她就说："文字和绘画予我一片生的希望。"

三毛当年退学后，开始学画画，这是她人生重要的转折点。吧啦说，她学画画后，她的艺术老师也给了她追逐梦想的勇气，不断鼓励她，并帮她补习数学。

学画画后，吧啦知道了自己的方向，知道了为梦想去努力。她有一个很温馨圆满的原生家庭，有一个酷爱读书的父亲。一个不缺少父爱的女孩注定是幸福的。

她读研究生时，去台湾做了半年交换生，所需的费用，是她爸四处筹借才凑够的，只为让吧啦把握住这次机会，多增长见识。

湘西那片山清水秀的土地孕育滋养了她，最最主要的是她为所喜欢的事拼搏的决心和勇气。她写过这样一句话："绘画是我的左手，写作是我的右手，拥有它们，我一定会成就我自己。"

她说，摄影接触得晚，也许是因为有绘画与写作的底子，所以在拍摄的时候，会融入自己对美的思考与感知，文艺是相通的。

我们可以根据自己的兴趣爱好来找到属于自己的表达方式。因为你知道，你痴迷于它，它就会在离心最近的地方。

她读大学时，学业繁忙，身兼数职，却坚持写文章，每晚等室友们睡着了，她开始在51网和QQ空间写文字，积极参加学校的文学比赛，大学期间和文友们合作办电子杂志。

在陕西科技大学读研究生时，她的团队有了自己的微信公众号，这一切都是在积累、积蓄力量。她懂得思考，她知道思维开阔的人才会比别人走得快几拍。

吧啦有勇气去拜见那些名人，参加他们的讲座、签售会，凡是她想见的人，她都执拗地去拜见，真诚虚心地请教。

读万卷书，行万里路，有名师指路，她每一样都具备，怎能不成功？

如今，她和李尚龙、李筱懿、李爱玲、杨熹文、黎戈、张莹等名人都是朋友。

她一路走来，遇到过很多指点帮助她的人，但她说人生中真正的贵人其实是自己，如果自己不够勤奋，不够努力，不够善良，又怎能拥有吸引贵人的磁场呢？

很多人都曾问她，那么喜欢文学，为什么大学不读中文系，而是读美术系？她说："其实文艺是一家。如果没有绘画的基础，我现在的文字不会有这样的画面感。美学中的原理也可以运用在文字中。"

　　吧啦多次说，如果让我推荐两本书，我会推荐《红楼梦》和胡兰成的《今生今世》。一天读一章，可先看《脂砚斋重评红楼梦》，你会找到阅读它的切入点。读一部经典的文学著作，抵得过你阅读无数花花绿绿的书。

　　那年，吧啦在苏州悦禅举办小型聚会，我本来想坐高铁去参加，但因临时要加班，内心也欠缺勇气就放弃了。那时我刚在简书写作不久，她在微信上说：齐齐，你若来，帮你预留房间。

　　假如她下次在我附近的城市有公开活动，我一定鼓起勇气去看看这位谦逊低调、美貌与才情俱备的可人儿。

## 陕西"三毛",从落榜生逆袭成知名作家

沉香红是我在 2013 年关注的一位写作者。

那时候,我在西安雁塔做生意,一有空就看她的 QQ 空间,后来我又关注她的微信、微博,了解渐渐增多。

我开始练习写作后,给她写过书评,给她的公众号投过稿,每次她都会给我很高的赞赏鼓励。因为我的缘故,我妹妹及同事们也都开始关注她,我是她上海读者群的群主。

香红也算是我师姐,我们都曾师从陈清贫,她是 2008 年学生,我是 2016 年的学生,只是她后来逆袭成老师,成为所有同学们的谈资,更是陈老师的骄傲。

她为人低调谦和,有个性,讲义气,很爷儿们的感觉,从不让人吃亏。

她的文字引人思考,充满哲学和禅意,周国平微信公众号常刊发她的文章。

如今,沉香红已出版三本书籍。她被誉为"陕西三毛",是中国散文文学会会员,书海网签约作家,豆瓣专栏作者,陕西省作协会员,陕西

省散文学会会员，她 21 岁为文学梦前往非洲安哥拉工作近两年，并学会了葡萄牙语。

在我心里，她是位"美丽的传奇女子"。

她曾在多所大学做过分享演讲，给数千名学员授课，她写的剧本拍成电视片，在陕西台播出，她还自学做网站，做阅读 app，做网络电台，经营三个微信公众号……

她皮肤白皙，青春靓丽，乐观阳光。她一天的工作量是常人的三倍，但她从不言累，从不抱怨，常常凌晨一点多还看到她在更新朋友圈，通常是她自己的感想，或是某篇小说的对话练笔。

她在学生时代，喜欢在每一本教科书的扉页，密密匝匝地记录着各类小心情和故事，那些文字承载了她的孤独、敏感、自卑、叛逆……

然而她的理科成绩全班倒数，标准的学渣一枚，为此受到很多嘲笑和打击，17 岁正值叛逆期的她，读完高一，执意选择退学。

她家人安排她去甘肃平凉某建筑工地看护搅拌机。

一年后她被调回到西安总公司（国企），做仓库保管员，后来还做过宣传科、销售科的工作。尽管工作忙碌，但沉香红不忘写作，为了文学梦，她自考西安某所专科读中文系，每个周末去上课。

2010 年，中国援助非洲铁路建设，他们公司需要安排一批人前往安哥拉，别人躲都躲不及，她毫不犹豫地去报名，她向往三毛曾去过的地方，她希望遥远的非洲能成就她的写作梦。

父母为打消她去非洲冒险的念头，收起证件阻止。她母亲无数次哭闹，找家族长辈们苦口婆心轮番劝说，但香红最终还是把她妈妈说服，把所有人说服，她觉得那是她人生里的机会、机遇，势必要抓住，那是她心中神圣的殿堂。

半年后各种手续办妥，她跟随公司工程队上了飞机，经过二十多个小时的飞行，飞机停落在安哥拉机场，周边萧条荒芜。

那一刻，她心里有一丝丝恐惧，或许她的选择就是无知者无畏，她开始有点理解父母为何那么强烈反对了。

安哥拉是一个战后重建国，物资极度匮乏，艾滋病、霍乱、疟疾、没有排除干净的地雷、蟒蛇、蜘蛛、毒蝎，时有发生的持枪抢劫。在那里，随时都可能出现生命危险，让人胆战心惊。（她有同事在那边丧生。）

在国内说好，香红来安哥拉从事办公室文员工作，谁知竟安排她负责仓库清点工作，给施工单位发放物资，每天从港口运来上万种货物，夜里还时常要在码头值班，卸下远洋船拉来的物资。

她学会了开叉车、上货、拉货。工作的繁重远远超出她的想象，比在国内要累好几倍。她说，既然是自己的选择，咬牙也要把路走完。

每天和黑人们打交道，那些人一言不合就动用暴力，原始又野蛮，她就曾莫名其妙挨过一巴掌。

沉香红在艰苦的安哥拉待了将近两年，繁忙之余，她就挤出时间写文章、写日记。

回国时，她将12万字的稿件，装进沉甸甸的行李箱，带着对家人的想念、身体的疲惫，还有心灵的归属感，回到了自己的家乡陕西西安。

回家后，她开始整理在非洲的稿件，23岁的沉香红很快就出版了她的首部散文集《苍凉了绿》，陕西数十家媒体和网络平台对此进行了报道，大家亲切地称她为"陕西三毛"，她的写作之路从此繁花盛开。

她曾说，她是应试教育的漏网之鱼。当年许多同学的父母都不愿自家孩子同她玩，老师们也都不看好她这个超级学渣，言辞尖锐、侮辱打击。她孤独、苦闷、敏感，只能在文字的世界里聊以自慰。

如今，他们班当年的学霸都成了她的忠实粉丝，对她无比崇拜。

2014年，她在青岛某大学做演讲，台下个个学历比她高，现场还有许多博士生，校园到处都是欢迎她来演讲的大红条幅，每个来听讲座的学生都惊讶地感慨，这个作家好年轻呀！

这些事极大提高了她的自信心,她知道学历并不代表学习能力,她一直勇往直前,从未止步。她说,文字是她的心灵依托,写作是她精神的救赎。

她的成功主要依靠的是她足够有勇气,足够拼命,对自己够狠,每天睡眠只有四五个小时。照顾孩子、写作、编剧、授课、运营,一样不落下。

她充分利用一切可利用的碎片化时间,写随笔,写感想,积累素材,边做家务边听书,边擦地板边敷面膜,不浪费一分一秒。

她敢想敢做,她年少时很喜欢中央人民广播电台主持人姚科的声音,尤其是他的节目《千里共良宵》,磁性温暖,充满魔力,她视若珍宝。

长大后,她就常去姚科微博留言,慢慢相识,随着她文笔的不断进步,也得到了姚科的欣赏和肯定,她还帮姚科打理公众号。

前年沉香红去北京见到姚科本人,姚科很欣赏她,她现在的文章常常被姚科挑选在中央人民广播电台播出,她的文字,他的声音,穿越十年的光阴,粉丝和偶像终成了朋友。

娱乐圈她最崇拜的是林志颖,2015年她看到林的微博有新书发布会,她果断从西安飞到北京去见林志颖本人。

她说,偶像是充满魔力的,要把这魔力当作前行的动力,驱使自己写出更多的好作品。他认为,只要足够努力,就可以和偶像做朋友。

她喜欢赵美萍老师的文章,她在去非洲前,在上海如愿与赵美萍老师相见、拥抱、合影,赵老师也给了她很多写作上的鼓励,如今她们已是非常好的朋友。

2018年5月,在另一位作家的介绍下,她与著名作家贾平凹相见,三人在茶香的氤氲里,在贾平凹家畅聊半日,贾老师送给她的寄语是:"愿每一个心有繁花的姑娘,都被命运温柔以待,万水千山,终获幸福!"

记得有次看到沉香红的朋友圈写到,终有一天我会站在你们两人的中间，底下配图是周杰伦和林志颖，这句话由她说出口，我丝毫不怀疑，她有这种勇气和能量。

香红曾说：写作就像与生俱来长在她身上的第三只手，周遭的朋友、同事，甚至家人都不看好，可是她一直没有觉得这只手多余，而是很努力地坚持将它与自己的身体合二为一。

她的文字，都是鼓励新时代女性独立、自主，过好生活，却也不失梦想。

她常跟大家传递的思想、感情是，希望每一个人都拥有真正意义上的自由，在短暂的生命中，获取意识觉醒后的幸福。

正如人们所说，生活不只是眼前的苟且，还有诗和远方。

然而如果你只将一切停留在梦幻，从不肯付出与努力，那么诗歌永远在远方，而苟且，从来不远。

她说，如果人生重来，还是会义无反顾地选择去非洲，如果人生重来，她不会任性地早早退学……

当初结识沉香红，她还在国企拿着两千多元的月薪，那时她儿子才几个月。如今她是自由职业者，年收入超过20万，已小有名气，她用自己的亲身经历诠释着她的第二本书的书名《做自己的豪门》。

2018年8月份，她收到了向往已久的鲁迅文学院录取通知书。

而我也从她的读者，成长为一名写作者，岁月见证我们成长，深信未来我们能成为更亲密的朋友，亦如她和姚科、雪小禅。深信未来我也会成为陈老师的骄傲。

偶像不能只是盲目跟风崇拜，而是用来激励自己、驱使自己、成长为更好的自己。

## 她如何从一个灰姑娘成为住在玫瑰城堡里的公主？

几年前，我就拜读过赵美萍老师的《我的苦难我的大学》，这是她的自传，属于纪实文学。看过此书的人一定会有很多触动。前不久，我再次重温，依然会潸然泪下。

现在的她在美国休斯敦，住在玫瑰色的城堡里，屋前屋后有美丽的花园池塘，写书，做慈善，旅游……

赵美萍，70后人，出生于江苏如皋，后因母亲改嫁，随之迁居安徽芜湖。身材高挑、大眼睛的美萍老师，是在苦难里浸泡着长大的，吃着同龄人不曾吃过的苦，遭着同龄人不曾受过的罪。

若不是她父亲早逝，她的前半生会顺利幸福得多。她父亲是公社干部，标准的文艺青年。在美萍6岁时，父亲突然手指弯曲伸不直，头发眉毛开始掉落，去医院就诊，结果是可怕的麻风病，不得不进行隔离治疗。家里没了往日的笑声，境况更是一落千丈。

从此不再有伙伴和美萍和她妹妹美华她们玩耍，许多孩子学着麻风病人手指弯曲的鸡爪模样，嘲笑年幼的美萍姐妹，甚至有几个男孩拿垃圾砸打她们，没有人和她们做朋友。

在美萍9岁那年，她去父亲治病的医院过暑假，父亲的病情已稳定好转，再过一个月就可以出院回家了。她每天听父亲讲故事，在那里写作业，快乐而满足，父亲常和她说，一定要好好读书，将来要上大学。

那天，她父亲按惯例去医务室打针，让美萍乖乖地在宿舍待着，他打完针就回来给她做鸡蛋面条。却没想到，这一去就是永别。

原来，粗心的护士拿错药，还没做皮试，直接把青霉素打到父亲身上，而她父亲恰恰对青霉素过敏，一条鲜活的生命就此消逝。

当美萍看到医务室围着许多人时，她也跑过去想看看，但大人们在门口抱住她，不让她进去，她又哭又踢："我都9岁了还要你们抱干吗？"她心里怀疑出事的人是他父亲，她像小豹子一样冲进人群，看到他父亲躺在地上，她如何呼唤都没一点反应，她哭得撕心裂肺。

她母亲被人用自行车接来，都知道她母亲身体不好，通知的人只说你家老赵想看看你。她母亲奇怪，不是很快就要出院回家了吗？一路上不停问到底咋回事，到医院门口，那人说了实情，美萍母亲直接从自行车上滚下去，晕倒在地。

她母亲在医院醒过来，慢慢接受了这个事实。医院给了她们30元安葬费，那是1979年。

命运的分水岭从此开始带着她们母女三人泅向苦难之海。那时，美萍9岁，她妹妹6岁。

那年春节前，她妹妹在火盆边烤火不幸被烧伤，整整四个月，她们家每天都能听到她妹妹的哭喊声，她母亲涂药、换药时也陪着落泪。美萍说，那是她最凄凉的一个春节。直到成人后，她妹妹腿上还有伤疤。

第二年，美萍的小叔又不幸去世。

等待她们的还有个更大的磨难。她母亲的第一任丈夫杨东启，是一个无恶不作的流氓，是她外公从小指腹为婚选给她母亲的，她母亲其实是村里的大美女，无奈她外公强势又封建，非得履行承诺不可。婚后直到杨东启被抓，她母亲才得以解脱，后来便嫁给了美萍的父亲。

杨东启出狱后，听说美萍父亲已去世，于是每晚来她家敲门敲窗试探，后来直接住进来，对美萍娘仨非打即骂。村里干部觉得是家务事没法管。每次调解的村干部走后，杨东启就开始狠狠地打她母亲，警告她以后不准再找干部和其他人。

母女三人每天过得提心吊胆，噤若寒蝉。杨东启天天在外赌博，回来就要钱，没有就打。还把家里的肥猪、大柜子和值钱的东西全部卖掉。她母亲常常被打得鼻青脸肿，手指骨折，甚至曾绝望地喝药自杀，幸被救醒。在妈妈试图自杀的那段日子里，美萍每天不敢去上学，请假陪着她母亲。

有好心人把她母亲介绍给外地一个不错的男人，可以远走他乡，脱离这苦海，双方见面感觉不错，都同意了，结果杨东启提着把刀威胁人家，把人家吓跑了。

在一个深夜，趁杨东启不在家。她母亲带着两女儿逃到美萍一个表姐家，她表姐有亲戚嫁在安徽，建议她母亲去那边找个人家，只有去外地，才能躲过那个大恶魔。

就这样，美萍的母亲给美萍姐妹找了继父，如此境况下匆忙找的男人，长相条件自然不好，性格懦弱，脾气也很坏，但她母亲也别无选择。那年代，似乎女人走投无路时，唯一的出路就是去结婚。

美萍12岁开始就在安徽芜湖生活，要和大伯家好几口人合住三间茅草屋，房间对着猪圈。生活环境极度窘迫倒是小事，三天两头还要被堂哥堂姐打。她母亲只是教她们忍让，别惹事。她的童年就是在这样的环境里度过的。

那个恶魔杨东启知道她们母女走后，丧心病狂地拿刀子找遍所有的亲戚。半年后，因为强奸一名南京的女学生致死而被枪毙。多行不义必自毙，她们母女后来才敢回到江苏老家。

赵美萍转到安徽芜湖上五年级后，学习成绩依然名列前茅，她的语文老师了解到她的经历和家庭环境，为她的忧郁性格和前途担忧，怕这么沉重的生活压力会压垮这个孩子，多次安慰她：这个世界上，有很多作家、艺术家都有一个不幸的童年。

五年级升学考试，美萍达到重点初中分数线，是全乡第一，她的作文更是学校里的佼佼者。但他继父却并不高兴，主要是拿不出学费，上中学路远，必须住校，还需要生活费。因为她们姐妹的到来，继父在后院砌了一间小石头房，她母亲每月看病抓药又得花钱。

因她的学费，她父母三天两头地吵架，俗话说，贫贱夫妻百事哀，她继父气愤地对她母亲吼叫，我怎么就娶了你，三个拖油瓶，到底要拖到什么时候……

美萍心里有了不读书的念头，想和继父一起去山上砸石头，一方面可以支撑家庭，另一方面可以帮妹妹读上初中。那晚，她把录取通知书放入河流，对着她江苏老家方向，她想起逝去的父亲，伤心得大哭了一场。

从此，她是山上最小的采石女，14岁。她继父给她准备了一大一小两把铁锤，一把10磅，一把18磅。18磅铁锤的任务是将抱不动的大石头砸成能搬运的小石头，10磅铁锤的任务是将小石头砸成合格的"碗口石"。还有一把铁锹、一把铁耙、一把铁叉。

她说："我每天扛着这些铁家伙'上下班'，它们硌得我的肩膀生疼生疼，它们和我的骨头对抗着，它们硬，而我的骨头更硬。"

哪里都是小社会，山上采石头的人大多都没读过书，原始野蛮。每个人都有自己的地盘，石头放炮滚到谁的地盘，就是谁家的，天天都有因抢石头打得头破血流的事情发生。

美萍知道自己势单力薄，继父又是个老实人，她想起母亲说的凡事要忍那句话。她找到偏僻的角落，但石头料源少，她就祈求别人，把砸不完的石头给她点。

山上的中午非常炎热，尤其是夏天，很容易中暑。在中午休息的两个小时里，她舍不得浪费，拿出书来看，这些书都是从队里的高中生家里借来的，她不但认真看，还熟记里面的名人名言，晚上还写日记、写看书心得，她从书里知道人还有精神世界。

她性格好强不服输，每天上山最早，回来最晚，很快她的收入就可以撑起半个家，但她母亲接连生了两场大病，差点死去，住院治疗一个多月，家里又借起了高利贷，苦难贫穷似乎不依不饶，始终伴随着他们。

豆蔻年华的美萍，每天砸石头砸得腰酸背痛，手指关节增大，满手都是厚厚的老茧，但家里依然债务累累，看不到光亮，她不知道还要忍受多少心酸苦楚！

比体力更累的是心，因为生活拮据，继父脾气火爆，天天吵得鸡飞狗跳，她母亲也没了从前的温柔，嗓门越来越大，生活环境真的可以改变一个人，她和妹妹的最大愿望就是早日离开这个家。

从14岁到19岁，少女时期的赵美萍，因对苦难生活的绝望，父母无止境的争吵，先后写过10封遗书，多次想自杀。最终她还是放不下体弱多病的母亲和可爱的妹妹。如果没有美萍，她们在这外乡会过得更加艰难，她母亲已自杀过一次，脆弱的心灵再也经不起打击了。

美萍19岁那年，同村的男孩从大上海回老家，和她说起了上海的繁华，还有打工妹、打工仔等新鲜名词。在那里打工，一个月的工资顶家里砸三个月石头的收入。男孩的话让美萍眼睛发亮，感觉那是个脱离苦海的好去处，她仿佛看到了生活的希望。

她母亲希望她嫁给县城里的人，聘礼够家里还债就行，因此死活不同意她去上海，那是1989年。美萍终究是个有想法、有野心的人，她偷偷和那老乡联系好，带着写下的14本日记，"私奔"到了上海，她记着，她身负母亲生病欠下的2000多元债务。

在上海9年的打工生涯，她在餐馆待了一年，在服装厂待了6年多，从流水线工人做到组长再到技术员，又在广告公司待了2年多，尽管工作辛苦，但她业余时间仍不忘读书写日记，每晚都是12点后才休息。

一有空闲，她就把省吃俭用的零花钱，拿去买书看，去城隍庙批发格子纸回来。那时手写稿件，有错处就得反反复复地重新抄写，心酸苦难的童年铸就了她的坚韧性格。她内心一直有个作家梦，那是她疲惫生活里的英雄梦想。

来上海工作后的两年多，美萍还清了家里的债务。在服装厂当技术员时，她的写作之路也越来越顺畅，从之前的屡屡被退稿，到后来的百发百中，先后在《宝山报》《萌芽》《知音》《上海故事》等多家报纸杂志发表文章。

从小学学历的打工妹到上海中日合资服装企业的办公室白领，业余还能发表文章，她的事迹被上海几家报纸相继报道，甚至有电台请她每周日去做嘉宾，录制节目，她成为打工妹中的励志代表。

因为在《知音》发表过一定份量的稿件，1997年，美萍还得到一次香港泰国游的笔会机会，这次香港泰国游再一次拓宽了她的眼界和格局。旅游途中，她结识了国内多位名家编辑。归来后，多家著名报刊大篇幅地以《打工妹飞出国门》来叙述赵美萍的成长经历。

她的命运开始逐渐翻盘，在出游期间无意中听到《知音》编辑说，因杂志要扩大规模，下期会刊发编辑招募的信息，有心的美萍听到后很想试试。

当看到学历的最低要求是本科时，已发表10万字作品的她，心情开始低落，主要是第一条学历问题。但骨子里喜欢挑战的她，还是把自己所发表过的作品全部寄到武汉《知音》编辑部,她故意没有附上自己的简历,以免首轮就被淘汰。

不久后,她得到去武汉面试的机会,那一刻,她才知道,同去面试的十个人除她以外,最低学历是中文系本科毕业生,其中不乏研究生。

快到赵美萍面试时,她自我打气,她想,这世界上本科毕业生、硕士毕业生写文章的太多,而自己是小学生,砸过5年石头,端过盘子,做过流水线工人和业务员,这是独一无二的经历,我的苦难就是我的大学。

她把所有经历洒脱地说给面试的几位《知音》老总们听,现场所有人都瞪大了眼睛,随即又响起了热烈的掌声。经过层层面试,多方开会决策,28岁的赵美萍成功应聘成为《知音》杂志的编辑。那是1998年,当时,《知音》是全国发行量最大的知名杂志,在上面能发表文章的作者收到的都是千字千元的稿费。

她说,现在回头想想,这个奇迹是必然会来临的。因为我早就准备迎接它的来临了——如果我不是天生就喜欢写作,如果我没有给《知音》写稿,如果我没有参加《知音》笔会,如果——如果我不是一个善于捕捉机遇的人——那么,机遇一定不会在拐角处等我,即使等了,也未必被我发现,即使被我发现了,也未必会被及时抓住!一切,都是冥冥中因果的注定!机遇,只为准备着的人而准备着。机遇,时刻在人生的拐角处张望着,等待着一双发现它的眼睛。

做编辑工作又面临新的挑战,很多老作者看不起她小学文凭,怕她把稿子编砸了。

于是,美萍买来很多名著和哲学书籍,每天研读,并研究那两年所有的《知音》杂志,学习如何去取标题,写引题和编者按,领导前辈们开会谈话,她都用心做笔记。她自己出去采访回来,总是反复想几个方案，然后才开始加班写稿，做编辑的前三个月，她没在1点前睡过觉。

她知道自己没有退路可走，不可能再回上海，不只是报纸、电台的报道，还有曾经的同事朋友和无数双眼睛在看她的表现，只有死磕到底，往前冲。

半年后，她逐渐适应，并成为编辑部发稿量前三的编辑，后来又享受到杂志社分配的武汉市区130平方米的房子。（2005年时，她在武汉已拥有两套大房子。）

2003年，赵美萍的纪实传记《我的苦难我的大学》，获得腾讯和作家出版社联合举办的"QQ作家杯"征文大赛纪实大奖和最感人作品奖，得到王安忆、王蒙、曹文轩等大咖们的大力推荐。

中央电视台《半边天》栏目，更是全面报道了赵美萍的励志事迹，在全国引起极大的轰动，无数信件如雪花飞向赵美萍。2006年，有位成功儒雅的美籍华人，通过媒体报道认识了美萍，非常欣赏她，通过邮件联系上美萍，俩人开始互通邮件，他们情投意合，在通了66封邮件和无数越洋长途电话后，定下了终身。

2009年，赵美萍随夫移民美国休斯敦，成为《知音》海外版编辑。在美国，她积极参与慈善事业，经常举办图书义卖活动，并将义卖所得捐给了几所安徽贫困小学。

2010年，她回祖籍江苏如皋江防乡永福村，到他父亲曾住过的江滨麻风院，了解麻风病人的生活，想为他们写一本书，目前正在创作中。她受家乡邀请，多次为家乡的莘莘学子和工薪一族讲述自身的奋斗经历，给人以鼓舞和振奋的力量。前不久，她出版新书《转角遇见爱情》，好评如潮。

赵美萍的人生，就是一部底层人物崛起的励志史，是灰姑娘逆袭成白雪公主的真实故事。她能走到今天，源于她年少时在内心种下的"一定要出人头地"的信念，和她骨子里敢闯敢拼的劲头，有野心有抱负，不怕苦不怕累。

赵美萍在书里写道：人如果不能选择出生的命运，还可以选择生存的命运。总有一种命运掌握在我们自己手中。

世界上没有人愿意听你的苦难，上帝太忙了，人们太累了。苦难是一杯美酒，夜深人静的时候，就着你的眼泪喝下去。

她如大石头下的小草，一有机会就顽强生长，不屈不挠。成年后，她的每一次选择都有她的方向和目标，知道自己想要什么并努力行动，这样的人，成功理所当然。

（在上海打工后的美萍，知道什么叫医疗事故，她打电话到江苏某部门要讨她爸爸当年打错药水冤死的说法，却因年限太久，已过诉控期，所以不了了之了。

四年前我有幸成为美萍老师的QQ好友。她和陈清贫、王恒绩、红娘子、沉香红都是好友，我以她的自传、QQ空间和微信朋友圈文章整理写下这篇文章，希望能给大家力量和鼓舞，共勉！）

第三辑　追梦人

## 美丽的"丁香姑娘"

戴望舒的成名作《雨巷》里,有一个撑着油纸伞的姑娘,独自行走在悠长又寂寥的雨巷……

读《雨巷》这首诗的时候,我时常会想,是怎样的江南、怎样的烟雨、怎样的小巷,才会有这样惆怅的姑娘?这种朦胧而又带着淡淡惆怅的美,让我对江南有了向往。

苏州,那是天堂般的城市,自古就有"上有天堂下有苏杭"的美言,更有"江南园林甲天下,苏州园林甲江南"的说法。而她,小隐,便生活在这如诗如画的江南,与园林做伴,与烟雨为邻。

若你在苏州的园林里看到一位身着民族风格服装、轻弹古筝、面带微笑的女孩子,她或许就是小隐,那个一头飘逸的长发散落肩头、有种遗世独立古典美、犹如图画里走下来的小隐姑娘。

看着小隐撑着油纸伞走在江南的照片,我固执地认为,她就是戴望舒笔下的丁香姑娘。

26岁的小隐,多才多艺,擅长弹古筝、写作、手绘、欧式刺绣、摄影、画画，感觉和艺术沾上边的，就没有她不会的。每个周末，她都会在苏州园林演出，闲下来，偶尔还指导孩子弹古筝，是学生眼里的温柔老师。

小隐是真正把日子过成诗的人！除了弹琴、写作、摄影，她还有自己的手作网店，但她却从不推广自己的小店，她说：手作之物是有温度的，要分享给真正喜欢的有缘人。她亲自在棉布裙和棉布包上画图、刺绣，还亲手做特色的笔记本给那些喜欢它的人。

她在QQ空间写作多年，发说说、写日志，她笔下的文字唯美婉约，充满灵气，她把所有的文字收录在自己的文集《素手拈花》里。

2013年开始，她将自己的文字整理成册。如今已经有五册，她说，当你爱上一件事情的时候，就会愿意为它坚守，矢志不渝地坚守，后来她玩豆瓣，开设专栏，分享她走过的江南、看过的风景。

她不写鸡汤文、不写干货知识文，只钟情写走心的文字，不骄不躁，不迎合市场。其实，在这个信息碎片化的时代，纯美散文越来越少，不少人为了所谓市场效应，全然不顾文字的真正意义，东边拾一个词，西边捡一句话，粗词粗句满网络飞。

也许，都市生活真的太浮躁，所以大家都需要释放，但她，真如小隐这个笔名那样，小隐，在江南一隅，对文字怀着赤子之心，写尽真善美。有人说她太任性，但她说这是执着。就是这样的执着，让她得到了出版人的青睐。她发表在微信朋友圈的作品被出版社看中，于是有了《夏天的风吹来草的叶子》和《走着走着，就遇见一树花开》这两本美到心的文字。

有人说，这样的机会，归咎于幸运。我认为，幸运只垂青那些有准备的人。

算起来，认识她已有四年。那年，她刚大学毕业，恰逢文友吧啦的新书《见素》举行首次分享会。小隐独自一人，从郑州赶到陕西科技大学参加吧啦的新书分享会，分享会后，她发了现场照片，还写了很长很长的一篇文章：《长安记》。

照片上，我看到她站在陕科大的校园里，手中捧着书，迎风而立。那时的她还略显稚嫩，这稚嫩里，却充满着对友情的真诚。

从《长安记》那篇文章里，我读到了长安的三月：玉兰花开了，樱花开了，风中飘着春天的诗意。她写陕科大的黄昏，写与吧啦共餐时的喜悦，写她们两个相聚的分分秒秒。这世上，美好的遇见，大概就像她和吧啦的相见。

小隐，是属于那种看到她文字便能让人爱上她的人。我也因她的文字爱上她，从那时起，一直关注至今。

如今我们在一个微信群里，谈论文学和理想，我们有许多共同关注的朋友。这世间真的有一种冥冥注定的缘分，因为文字、因为某一刹那的惺惺相惜，便有了一路的相伴。

她爱穿棉布和充满民族风尚的长裙，把长发温柔地垂落下来，把两个浅浅的酒窝绽放在脸上。有时，她低头专注地绣着她设计的图案，有时，她轻轻地拨弄琴弦，有时，她拿起画笔，描摹一瓣瓣莲花。我想，如果你认识她，一定会爱上这个诗意的女孩。

这样的姑娘，很多人可能会以为是书香之家的小公主。但其实并不是这样。她出生于河南平顶山的一个普通家庭，有一个姐姐。小时候，她是个很自卑的小女孩，因为那时候她的姐姐长得很漂亮，学习成绩又非常好，还学人人羡慕的播音主持专业，而她天资平平，相貌亦平平。

小时候她很调皮，有一次将母亲烧开的一壶热水浇到头上，此后就留下了一块很大的疤痕。懂事一点儿后，常常觉得自己长大会嫁不出去。她说，自己就像琼瑶在《我的故事》里所写的那样，琼瑶出生时额头上有块胎记，而少女时代，琼瑶也常常嫌弃自己太丑，以为自己会嫁不出去，因此而自卑。

都说女大十八变，还真是如此！长大后的她，似乎越来越美。她巧妙地用长发盖住疤痕，曾经的自卑也一扫而光，成为她的过往片段。如今，她说自己过上了曾经想要的生活。她不无深刻地说了这样一句话：即便是坐在路边鼓掌的小女孩儿，也有自己的微光。

姐姐的美好，也给她带来了很多实实在在的益处。那时候，她姐姐在市区读高中，喜欢看书、买书，在小镇读初中的小隐，就常常翻阅姐姐买来的书籍。从此，她爱上了读诗词、言情小说，像舒婷、席慕蓉、琼瑶等人的文章和唐诗宋词等，她都会反反复复地去读。正因为爱上了阅读，无形中为她增添了深厚的文学底蕴。

上学期间，虽然小隐很喜欢读课外书，但却在应试教育的大背景下，由于数理化成绩一直提不上去，小隐在学校里一直排名比较靠后。她说，在17岁的那一年，她遇上了人生里的第一次打击，她连普通高中都没有考上。

母亲问她，你还想读书吗？她低着头轻声说：想。

那个多雨的夏季，母亲领着她走遍市里的所有高中，却没有一所学校肯接纳她。

无奈之下，母亲送小隐上了所职业高中。从此，她阴错阳差地学了画画，可能天生有艺术细胞，她画画方面成长很快，并获得了高考资格。

她说，在成长的道路上，母亲对她影响最深。她的母亲虽然只是一名普通的农村妇女，但却很有远见。即便自己的两个孩子都是女孩，她也十分重视她们的文化教育。我不由得想起某位名人的话：投资女孩，最好的方式就是让她接受教育。

她的文字中，有很多是写母亲、写故乡的。看她的空间照片以及文字，知道她的母亲是一位爱养花、爱听戏的人，她在屋前屋后种了各式各样的花，或许，小隐的文艺细胞，得益于母亲的遗传。

小隐从职高毕业时，考上了郑州的一所大学的艺术系，那是她人生中成长最快的时光,她学艺术,学摄影,并参加了学校的文学社直到大学毕业。凭着对写作的坚持,小隐毕业后的第一份工作是在郑州做杂志编辑。

如果不是埋藏在心中的江南梦,她也许会在郑州一直生活下去。但有些事情是冥冥中注定的,尽管这条路上有不为人知的孤独和彷徨。

因为小时候在语文书上读到描写周庄的文章,她便对江南水乡充满向往,在郑州工作了一年后,她果断辞职,亦如三毛当年看到撒哈拉沙漠照片那样,就决然地要去苏州生活。这真是一种说不清、道不明的前世乡愁。

小隐与我说起刚到苏州时的情景。那时在六月,江南梅雨季节,她一个人拖着行李箱义无反顾地来到苏州。大雨也曾把她的梦想淋湿,但她知道,选择了的路,就一定要风雨兼程地走下去。

善良的人,走到哪里都会有彩虹。工作与房子,她在一天内安顿好。后来她在苏州,遇见了许多志趣相投的朋友,直到现在,她活得越来越像一首诗。

她说,除了母亲,姐姐在她成长的路上,亦给予了她太多支持。

这个大她4岁的姐姐,真是十分完美。在小隐读职业高中时,许多同学跟学校签合同,打算去南方工厂打工,学校氛围很差,小隐也无心学习,想和同学们一起去打工。读大学的姐姐得知消息后,一遍遍劝说她要继续参加高考。

姐姐在南昌大学读书,姐姐毕业的时候恰好小隐刚读大学。姐姐怕小隐在郑州读大学一个人太孤单,放弃了到更大城市工作的机会,回到郑州工作。而当小隐执意要去心心念念的江南时,姐姐在小隐到达苏州之后,很快地也来到苏州,只为陪妹妹。

小隐说,如果没有姐姐和母亲的双重指引,你们遇见的就不是现在的我,或者,现在的我早已嫁做人妇,过着每日柴米油盐、家长里短的日子。

在苏州的这些年,姐妹俩一起去江南的小镇。每一座小镇,在她眼里都是不同的,她开始写苏州的园林,写姑苏记。同时,由于远离了家乡,她开始懂得思念,懂得故乡的美好,也时不时写故乡的一草一木。

姐妹俩一起旅行拍照。小隐大多数照片都是她姐姐所拍。发工资后,两个人的工资一起放在固定的卡上,互相交换着穿彼此的衣服。无数人羡慕她有个如此亲密无间的姐姐。她说,真感谢上苍赐予我一个性情温和的好姐姐。

当别人问她,你一个人在苏州吗?她总喜欢骄傲地说,我和我姐姐,她陪着我一起逐梦。

小隐说,她不敢想象,那种一个人在偌大的苏州城里找不到亲人的那种孤寂。她知道姐姐总会走入另一段人生,她终要独自面对尘世的艰辛,所以她一定得努力,学会适应社会。

这些年,她的文字大多是写散文、随笔,写她所走过的地方,写江南水乡的别致,还有那些不属于江南的城市。每一次行走归来,她都会用文字记录。而她的照片,则浓郁着江南的温婉,无论是风景还是人物,在她的镜头里,仿佛都染了一丝丝江南烟雨。

她喜欢古镇的清宁,喜欢寻找那些有光阴况味的古镇村落,像周庄、乌镇、同里、西塘、角直、木渎、锦溪、洛带、枫桥、南浔、明月湾等。

她在江南古镇古村的静好岁月里,记录着生活的真善美,她还喜欢远行,像成都、甘孜、色达、西安、郑州、杭州、上海、徽州、韩国、日本等,她都一一走过,还将会去更多的地方。每次远行归来,她都会写下一篇篇游记。

她的游记,不仅仅是常见的那种游记。在旅行的路上,她更多关注那些细微的美好,将它们呈现在纸上。

她说,我现在每天的生活基本就是写写写、弹弹弹、教教教,偶尔会在衣服背包上画画，就是手绘，也常出去给朋友们拍照。她热爱着一切美好的事物，她惜时如金，珍惜着分分秒秒，不是在写作就是在学习，或者在学习的路上。

她是个喜欢什么就希望自己能学会什么的人，说起玩刺绣，她当时只是看到朋友圈别人发的刺绣作品，觉得很美，她就自己去买书看，一遍遍地跟着学欧式刺绣，现在她已经可以绣很多小配饰、小摆件了。

她说，艺术是相通的，无论是弹琴还是写文章，无论是手绘还是摄影，抑或是欧式刺绣，所有这一切，在她的眼里都是呈现美的，只是形式有所不同，但它们是有共性的。

这些年，在苏州古城里，她干着自己喜欢的工作，很知足很幸福，感觉整个生活都向着光。

她有一个梦想，就是把故乡的小院打造成充满花香的隐世桃源，让自己的父母过上幸福无忧的日子。所以她也一直在努力。看过她发的照片，是她故乡的小院，好像一年四季都有开不完的花。而这些花，都是她为母亲买的。现在，她母亲在故乡，在小院里种花，在房前屋后种菜。我以为，所谓的田园隐居生活，大约如此。

我看过她母亲的照片，那是在二月兰的花丛中，她的母亲长发及腰，编成一个大辫子在后面，低着头看花，那样子真温婉呀，我也终于明白，小隐的诗情画意，原不是偶然的存在，而是必然的结果。

如果你也读过那首《雨巷》，小隐便是撑着纸伞的丁香姑娘，祝福她未来的日子更加美好如意，喜乐平安！

## 在北欧生活的庶人米

她是来自中国东北的女孩,笔名庶人米,85后姑娘,原名叫米雨,后来有人开玩笑说这个名字不好,遂改为米芷萍。

曾旅行过十几个国家,曾和俄罗斯的一个市长面对面地进行过交流,也曾上了挪威权威报纸的重要位置。她通过努力,学会了多个国家的语言,并实现了时间自由,也实现了财务自由。读万卷书、行万里路之后,她变得知性、优雅,她把生活过成了很多人梦想的模样。

看到她光鲜的现在,许多人会以为她出生于优渥之家。实际上,童年的庶人米,极度内向自卑。由于父母离异,小小的她,跟着奶奶一起生活,很少得到父母该有的百般呵护。

她记得,很小的时候,父亲因经商失败,意志消沉,常常酗酒成性,几乎天天与她母亲争吵,甚至演变为动手打人。到现在,她都清楚地记得那样一个个恐怖的画面:父亲酗酒后拽着母亲的头发,朝玻璃墙上撞,血和碎玻璃片一起溅落四周。每一次如此,她都会吓得大哭,跑出门去找奶奶求援。

在庶人米 4 周岁那年，母亲终于忍受不了父亲的酒后家暴，与父亲离了婚。

庶人米说，从那以后，每个瓢泼如墨一般的黑夜里，她都独自抱肩缩在没有光亮的屋角，心里装满惶恐。

原生家庭的破碎不堪，父母亲无休止的争吵打骂，缺少父爱和母爱的共同陪伴。单亲家庭长大的庶人米变得孤寂敏感，同时也多了许多内心的柔软和多愁善感。

读书时，为了得到语文老师的喜欢，抑或是她骨子里对文字的热爱，她开始看大量的作文书，去摘抄名句、背诵佳段，因此她的作文常被老师当作范文，这成了她自卑童年里唯一的骄傲。

随着父母离婚又复婚的分分合合，庶人米成了充满心事的孩子。没人诉说时，她把自己想说的话、想发泄的情绪都变成了文字，一一记录下来。

她在日记中写下了无数次为什么。为什么自己没有一个完整的家庭？为什么自己的爸爸妈妈不像别人的爸爸妈妈那样相亲相爱？年少的她苦苦地想寻找一种答案。她多次放下笔，试着让自己不要激动，因为情绪会影响行为。内心孤独的人，如果不把这份孤独感与人分享，会导致情感的极端爆发。

庶人米上学时偏科严重，她看到数学就头疼，理所当然地没能考上高中。她心里很想自费读高中，无奈家里拿不出两千元的门槛费，她奶奶为此哭了很多回，觉得自己没用。庶人米劝慰奶奶，她不上高中了，以后自己打工赚钱去读。

她去饭店做了一名服务员，每天端盘子，打扫卫生，老板看她是个小女孩，第一个月没有给她发工资，只提供宿舍，即便是这样，她也坚持了下来。

两年后，为了结束这种望不到尽头的惨淡生活，她用手上积攒的收入，毅然报考了辽宁大学外国语学院自考英语专业，后来又在大连外国语学院进修了一年，紧接着又在上海外国语学院进修了一年。

由于没有能够得到父母的疼爱，她有着强烈的青春期叛逆，她一直想离家乡越远越好，她在上海外国语学院进修结束后，就决定留在上海工作。

她先是在上海长宁区的一家电子科技公司做行政工作，主业之余，有时也帮着做些业务，公司是做芯片的。

上海的地铁卡基本都是这家电子科技公司做的，地铁卡的生产工厂在南汇。在2012年前，她的工资是每月3000元，另外还有业务提成。做了不到一年，公司和韩国一家公司有了合作业务，由庶人米和另一个同事做翻译。

她每天从虹口区坐2次地铁到长宁处理日常行政，再花近2个多小时去南汇的生产工厂。

每天在路上就要花费5小时，最后她感觉路上所用时间太久，时间成本太高，她选择了辞职。

应聘到一家外企，依然是做行政工作。工资收入没有那家电子科技公司高，但福利很好。只需坐3站地地铁。也就是在这家公司，她得到了出国学习工作的机会，喜欢远离家乡的她，自然抓住了这次机会，并无比珍惜。

2010年，她到挪威的第一年，报名语言学校，学习了一年的挪威语后，又学习了医疗护理专业，并拿到了当时最高级的证书。

她一周3天在健康站的老人院做助理。2天去学校读大学预科的课程，数学和历史课。

她曾以学生的身份报名参加了当地的学生部志愿者，主要参与所在地发展青少年文化生活的交流活动，对日常生活不便的人给予帮助。

挪威志愿者每两年会举行一次国与国之间的文化生活体验活动，有一次年会，要去体验和帮助俄罗斯一个小城市生活不便的人。

挪威和俄罗斯是邻国，为了节省经费，他们乘坐客车从挪威出发，经过十多个小时车程，到达挪俄边界挪威一侧的城市 Kirknes。又从 Kirknes 坐 7 个小时客车到达目的地。

这次活动，后来登上挪威当地报纸的头版。挪威是一个非常注重教育的国家，对于学生的课外业余活动，也都是依学生本人的意愿而来。在挪威，这种针对学生的志愿者组织有很多。

活动最后一天交流结束后，安排了半个小时与市长座谈的时间，分享了俄罗斯未来几年教育发展的规划，市长热情解答了志愿者们的提问。

无论在挪威，还是在俄罗斯，此次活动，说旅行也好，帮助也好，是她人生的一个重要体验，在体验人生的同时又帮助了别人，感动了自己。人生何尝不是一个体验过程，也是一个帮助他人、帮助自己的过程。

经过这几年在挪威的不断学习积累，庶人米不管是在精神还是物质上，都得到了很大的提高。她说，不逃避困难，或许是一种无言的挑战，成功与否就是要看你能否坚持，能否坚定地走下去。

近两年，她已有足够的资本开始去旅行，她去过的国家有很多，俄罗斯、瑞典、丹麦、挪威、波兰、西班牙、芬兰、荷兰、拉脱维亚，还有三毛和荷西生活过的大加纳利群岛，她的梦想是要走遍 100 个国家。

随着年龄的增长，她逐渐学会了安慰自己：世界上不只我一个人是单亲家庭长大的孩子，上天总会换个方式把那缺失的爱弥补回来，她也早已原谅了父亲。

她说，一个人，不管是在亲情、友情、爱情里如何备受打击、伤害，也一定要相信并热爱人生。

从此，她重新调整心态，再次握笔，把那些在心底里被岁月尘封的话语、那种难以启齿的伤痛，一一用文字展现。

庶人米在网络上发表了许多文章，有曾经的伤痛，有书评，更多的是她外出旅行的游记。从她文中的图片里，看到国外的各种特色建筑、教堂、政府官邸、自然奇观等，让人有一种心灵的震撼，跟着她的图文旅行，让人大开眼界。

据说，挪威是世界上高收入国家之一，也是人均寿命最高的国家之一。这一切源于独特的地理位置、优越的自然资源。挪威出产大量的三文鱼、北极深海鳕鱼、鱼油及很多高营养食物。

从庶人米的文字里知道，挪威从每年的6月份开始，就进入无黑夜季节，是真正的"日不落"帝国。有时半夜醒来，可以见到孩童们在玩耍，见到一群晒着太阳、喝着咖啡的人们。

大家忘却了白天与黑夜，这里你可以真正体会到什么叫阳光明媚，你可以24小时享受太阳光的普照，也可以午夜狂玩、醉生梦死。因为没有黑夜，人们失去了恐惧感，也失去了对黎明与光亮的期盼。

挪威被称为美到让人窒息的国家，庶人米能来这里工作学习，她觉得是一种很好的机遇，是一种冥冥之中的缘份。

最喜欢看她发的旅行照片，我不但认真仔细地看，还把她所拍摄的绝美图片保存下来。

庶人米是我的第二期学员，能认识她也是一种缘分。她有强烈的倾诉欲，开课才几天，她已经写了6篇文章，她认定某事，就坚定地去执行，她是知道自己要什么的人。

她很有写作灵气，很多文章都上了简书首页，还得过征文三等奖，不久又签约了四家大型微信公众号。她说曾经拆解研究过我之前发表的所有文章，也经常研究时下各种较大的微信公众号的文字。看得出，她要在文学的道路上坚持走下去，不管每天多累，她都坚持写两篇文章，前不久还有两家出版社找她谈出书的事。

希望她能继续多写各国的名胜古迹，多拍各地标志性建筑及一切美图，给我们带来视觉的盛宴与美的享受。

远在北欧的庶人米，愿我们有更深的缘分，能见见面，聚聚会，也深信她会在文学的路上越走越宽广。

## 她把乡野生活过成了桃花源

一紫是我唯一素未谋面的闺蜜。

一开始我们交流虽然不多,但却有种天然的相知感应,我们成了彼此生命中为数不多的闺蜜,或许,骨子里相似的人才会相互吸引、走近、深拥。

认识一紫,是因为在我所建的齐齐写作群里,她时常在黑夜里出没,密密地码字。她并没有像其他文友那样每天冒泡,只是偶尔出来分享下她刚写的文章,说上不多的几句,就匆匆离开。

她的笔名一紫源于《韩非子》中的:"齐桓公好服紫,一国尽服紫。当是时也,五素不得一紫。"

她想要做那个清楚自己内心喜爱,有所坚守的,千金不换的,不可替代的,唯一的一紫。

她本身很喜欢紫色,紫色的薰衣草,紫色的勿忘我,紫色的一切美好的事物……

随着不断熟识,我知道她有个叫"小葡萄"的5岁女儿,可爱乖巧,她的老公也姓刘，和她同在工地工作。

她是西安人，而我曾在西安待过四年，我们注定是有缘的。

刚认识一紫时，她在云南的一个工地上班，那是个位于荒郊野外的偏僻大院子，住处和办公场所都是那种彩钢板做的活动板房。

很难想象她就是在那样的环境里写文字、录音，她把公众号经营成有着自身特色的"小江湖"。

她写过《路桥人和他的妻子》《她结婚了，买房了，可那里的房子被叫作寡妇楼》《在工地的你，是否也想过辞职》等文章，让我这外行也了解到，原来有一群人被统称为"路桥人"，我看到了他们的艰辛与不易，有种被迫谋生的无奈与心酸。

随着她的文章被发表在他们公司、局网站和多家公众号，她被很多同事认识，也受到了领导的关注赏识，她的才华终被认可。

一紫所在的工地，到处机械轰鸣，工作、生活的活动板房几乎不隔音，她为了找处安静地方录制她创作的散文音频，常常要专门跑到项目部附近的山上小树林里录。

她说，那情那景，不需要背景音乐，也已醉人。

有次正录得酣畅。"咩……"一群羊欢腾着闯了过来，直朝她怀里奔，吓得她撒腿就跑，音频录音只得前功尽弃，虽然遭遇如此种种，但是她依然乐此不疲。

她说，工地项目部的凌晨，十分静谧，院子里熟睡的大黄狗，夜空的皓月，都使她十分心安。

还记得，大约是那年的六七月份，有一阵子，我常在她的文字里看到密不透风的痛苦、挣扎。

我不知道在她身上究竟发生了什么？只感觉她像一只被困在玻璃瓶里的蝴蝶，拼命扇动着翅膀，却怎么都飞不出去。

我仿佛从字里行间看到了她的绝望和煎熬。

在之后的聊天中才得知，那是她生命里最抑郁的日子。经历了一些事，加上治疗多年的甲亢复发了，生活步步紧逼，她整夜整夜地失眠。她一个礼拜瘦了10多斤，一夜之间老了许多。

在这最难的时候，她甚至想过要放弃自己，甚至在暗夜里思考过人活着有没有什么意思？

命运把她逼到了绝望又黑暗的罅隙里，她没有别的办法，只有拼命拼命再拼命地码字。所以，她的文字大多是朝内心里探索，而后寻找自我、救赎、成长。

直到她写出了这样的话：死是什么呢？为什么非要用肉体的离去来结束这一世？何不与自己今生的灵魂做个告别？还依旧在这具肉身中愉快度过自己的一生。

生命里的每一次苦难都要亲力亲为。

我至今不知道她到底经历了什么？但都不重要了。我只知道，她完成了自我的救赎，这是她正式开始写作的缘由。

后来，她用"生死大关"四个字轻描淡写地对那段经历一笑而过，或许，这世间并没有真正的不可跨越的痛苦。

但我知道，她这一笑而过，是经过大痛苦，才有的大释然啊。

亦舒曾说过，人一定要受过伤，才会沉默专注，无论是心灵还是肉体上的创伤，对成长都有益处。

工地生活是压抑而枯燥的，荒郊野外，单调沉闷，待在几平方米的活动板房里，每天面对的是偏僻的项目部、工人、机械、满目的大山。

日复一日，年复一年。在那样的环境里，个别人抱怨、荒废、得过且过。

可一紫却说，人生的大舞台上，没有浪费这个概念，也不应该有这个概念。人生每一份经历都是有用的，每一种环境都有它存在的意义。

在云南那荒凉的大山里，她阅读、写作、修篱种菊，把工地生活过成了自己的桃花源，结庐在人境，而无车马喧。

因为写作，她把自己的一生过成了两辈子。一生，活在俗世里。一生，活在理想中央。白天在俗世上班，晚上她在理想中央过另一生，一个人在办公室里看书、写作，她觉得自己的生命比别人丰厚了很多。

一紫说，2017年，她迎来了自己的觉醒时刻，觉醒之前，她是为别人为这一个俗世而活着，觉醒之后，她的每一天再不会违心而活。

她始终知道自己想要怎样的生活，她活得清醒而澄澈。当然，她也彷徨挣扎过。

有一次，在大雨滂沱中，她奔跑着，大自然歇斯底里地像是要摧毁掉世间万物，也浇砸着满心郁结的她。

在大雨中奔跑完不久，她辞了职。离开待了八年之久的工地。这八年，分别是在湖南三年，河北两年，云南三年，这也是她人生里最美好的青春年华。

八年，她在荒野风霜中，积蓄力量，所以依旧能绽放如莲。

因为常年在家乡自媒体开设有专栏，辞职后的一紫，很快被一家文化公司所发现，聘她为运营总监，所有人都为她开心，因为她正一步步地接近自己的梦想。

没想到，2018年3月的一天，她在西安城的街道上跑步，跑了一下午，又做了一个决定：辞掉了文化公司总监的职位。

提出辞职后，公司老总一再挽留，甚至不惜给到她49%的股份。可她还是要走。理由只有一个，她想安安静静地看书、写作。

老总生气地说："你就是为了这个？为了这个？我不信！"彼此沉默了一会。

他接着说："我知道你有个心愿，想出版自己的书。这方面我有资源，可以帮你啊。你为何一定要走？"

可一紫，她还是走了，舍弃了这一切。

如果说，她之前辞掉在我眼里很高薪的工作，已经够让我吃惊和惋惜了，现在她又放弃了让无数人羡慕的大好机会。

她说："齐齐，你知道吗？我真的害怕自己以后会变成一个商人，而不是一个写作者。人应该有拒绝的能力，拒绝哪怕最好东西的能力，你说是不是？"

她说过的这段话，我记忆犹新。

虽然替她感到惋惜，放弃那么好的机会和前途，但我是她闺蜜，我懂，我信，她真的只是为了安静地看书写作，才做出这一切，她害怕自己真的变成一名唯利是图、远离文化的商人。

就像她说的："即便是有人帮我出书了，可那些都是假的。我写得好不好，有没有实力，我自己心里清楚。"

她在文章中写：人生最长，不过百年而已，这余生的每一秒我都不愿再违心而活。我已经不再年轻了，不再年轻了！

那么是不是可以任性一把，以燃烧和穷尽自己的方式，去铺筑真正想走的路，去完成和终结一些事，去追寻灵魂中仅有的梦想？

从而，不负此生！

"齐齐，大概我在偏僻的工地待久了，我不喜欢大城市，我只想过简单的乡野生活，哪怕再赤贫。"

她说出这些话时，我的脑海里出现了田野、清风，还有清甜的空气在荡漾。

她回到了老家，陕西的一个小县城。每天带孩子、看书、写作、养花，和朋友去咖啡馆聊天，做公益，上山采风，开车去村子里看老房子，看田野，看麦浪……这就是她现在的生活状态。

恬静，与世无争，见素抱朴。

她说以前，她总是不断地向外求，而现在，外在的物欲种种对她来说，已毫无吸引力。

她是我见过内心最纯粹的人，注重于精神内核胜过一切表象，我有时觉得她都快成佛成仙了。

以前，她的生活讲究而奢侈，爱K歌、爱玩，买很贵的名牌服饰，住很贵的酒店，吃饭喜欢去西餐厅。而现在，她只穿最简朴的布衣，过清简赤贫却心有繁花的乡野生活。

她的文笔本来就好，文章有深度，加上她每篇文章都自己录音频，所以粉丝黏性很高。曾有一阵时间，她的公众号粉丝量连续翻倍。

她的作品每天的阅读量都突破两千多。可凡事都有两面性。粉丝多了，催她更新的人也多，而且有人说她的文章写得越来越艰涩难懂，有人指指点点，你应该这样写，不该那样写……

她是个很自由的人，不喜约束。

她曾跟我说："齐齐你说我是不是能力不够，承不起这么多粉丝，我怕辜负。"

其实她怎么就承不起呢？我自觉她文采比我好，又比我思悟得深刻，我曾转载她的文章，有的还会摘抄下来。她完全值得那么多读者的喜爱。

她在高中时，文科课目就学得特别好，曾在县征文比赛中获得过一等奖。在我眼里，她是有天赋的作者，她的文字不失传统文学味道，也适合现在新媒体文的风格。

之后不久，一紫又做了一个让我既惊讶又佩服的决定。她写了一篇《"一紫"是一处僻静的存在，不是适合每个人关注的》，这篇文章的目的，是为了让一些人取消关注她，也为了沉淀一些忠实读者。

这篇文章，让她少了几千个粉丝。这对别人来说，是多么想得到的啊！

我说，一紫，你真是够傲娇的，现在竞争这么大，你还主动劝退。

但她却笑得淡然："我喜欢这样僻静的小江湖，不用太热闹，一些江湖老友，把酒言欢就好，一万个泛粉还不如一千个忠粉。"

她就是这样的一紫，总是在舍弃很多别人梦寐以求的东西，她只想专注，去写沉淀而澄澈的文字。

你说她傻吗？

或许吧。可为什么我看世人活得尔虞我诈，你争我夺，苦不堪言。

而她，一身轻盈，悠然惬意，站在她的桃花源里，摊开手掌，拈花微笑。

很多人说，这样的生活人人向往，可在现实压力面前没有几个人做得到。

我也曾问一紫："你不上班，也不想着写作变现，那你怎么生活啊？"

她说："我现在有吃有住，还奢求什么？再说我需要的时候可以写稿、写文案来养活自己。

当你舍弃掉那些物质、金钱、地位、名气、虚荣、别人的眼光等外界因素，你需要的其实并不多。"

"当下，我要做的，就是在这个焦躁的时代里，沉下来，先扎扎实实阅读、写作，其他的都是水到渠成的事。"她安静而笃定地说。

是啊，很多时候，人们只是放不下、舍不了、沉不下心。一紫，她让我知道，在这个世界上，真的有人在这么返璞归真地活着。

我时常想，有缘分能看到一紫文章的人，都是幸运的，因为她的文章里，有大智慧、大超然。而我，更是幸运，能够拥有她这样的闺蜜。

她很重情义，别人的一丁点好，她总是记在心头。每次帮我的忙，给她发红包，她从来不收，说我们之间不用这些。

就像她的读者说的，她如莲，如茶，如冷月，如素帕。

有编辑找一紫约稿出书。

她却给我发信息说："齐齐，我怎么觉得我的文字拿不出手？第一本书，我必须得对得起良心，对得起我的读者和市场啊。我还是再打磨打磨，再等一等。"

出书是多少写作者求之不得的事，可她却不疾不徐。

别人不懂，可我知道啊，这才是一紫，她有着自己的执拗和坚守。她的书，值得等待。

其实在我心里，以她的才华，早就可以大红大火。她也知道写怎样的文字涨粉快，而那样的文字她写起来也容易得多。

可她不愿意,她说她的文字写出来,如果没有价值,她宁愿不写。

她知道自己想要的是什么?是好的文字,是内心里想写的、愿意写的;是持续10年、20年、30年之后,交得出手的、对得起读者和市场的、经得起考验的文字。而不是被设置、被框架、被公式化,更不是被世俗里的虚荣、被世人眼里的赢家概念所捆绑。

我常为她的观点新鲜脱俗拍手叫好,相比起来,很多人都太浮躁了。

一紫的公众号更文并不勤,但她每次发表出来,必定是精品,是她自己用心用情写就,不跟风不迎合,写着端正平和的文字,随心所向。

她就是这样慢慢地、扎实地在往前走,不浮华、不造作、不从众同流。

我常常在睡前喜欢听她的公众号录音,沙哑磁性,有种仙气袅袅的感觉,仿佛她就坐在我面前。

她的文字、她的声音、她的心性,组合在一起就是种最特别的存在,世间只有这样一个独一无二的一紫。

贾平凹写过这样一段话:能在水面上扑腾,也可能溅出些水花的,往往并不是大鱼,大鱼多在水底深处。

这是文学艺术界常有的现象。这句话用在我的闺蜜一紫身上,再合适不过。

一紫,就是那沉在水底的大鱼。贾平凹还有一句话:是真天才者,时间是不会亏待的。

我曾和一紫开玩笑道,看你的文字、面相、能力,以及为人处事,迟早会大富大贵的,即便倔强得只做自己喜欢的事。

但她对这一切反倒不以为然,活得天真简单,如同一个单纯的孩童。

肉体的诞生,与灵魂的觉醒,成就了散发着薰衣草香的一紫。

我深信,一紫的自媒体品牌,一紫的电台,一紫的文化传媒公司终将会一一实现,所有的梦想都会照进现实。

我为有这样一个优秀的闺蜜而骄傲。

## 她是如何从毛毛虫变成蝴蝶的

写作这一年多，认识了许许多多的朋友，因为共同的爱好，因为文字，因为缘分。

很欣赏佩服别山举水老师深厚的文字功底，四月份进入别山举水老师的微信群，只为靠近他学习。某天看他的文章知道他的手摔伤住院，同在上海，本能地就很想去看看。

在医院探望聊天时，他提到有个小文友很关心他伤势，每天问候道晚安，并总说要来上海看他，无论如何也不能让一个女孩跑这么远。我问起是哪里的文友，别山老师说是安徽合肥的。

原来是我老乡，好真诚实在的人。隐约从别山老师话锋里听出这个女孩也是身世坎坷，很不顺利，或许我们都在对方身上看到了自己的影子，本能的心疼，有种同病相怜的感觉。

知道小文克的当天晚上，我就去她简书、博客的文章留言，并加上微信，就这样我们开启了相识相知。

我们聊关于家乡的变化，关于自媒体，关于文字，关于梦想，关于别山老师。

直到很久后,我才知道,她出生不久就被重男轻女的父母给遗弃了,她至今不知道亲生父母是什么样子的,关于出身,谁也无法选择。

她很开朗爱笑,根本看不出她从小的不幸经历。有一种人习惯用笑容来伪装坚强,那是最好的盔甲。想起我在前些年,从不提家里任何事,别人一聊到,我就岔开话题或走开,宿舍有个女孩曾说,我跟小齐吃住两年,都不了解她的家庭背景,太神秘……

7月,我在合肥写作者线下交流会上,终于见到了这个女孩,她说是因为想见我,推掉了公司聚会,专程来参加交流会活动。

她就是一河潋沫,似乎比语音聊天里更爱笑自信,有种爷儿们感觉,豪爽义气。活动结束后,她买板栗、水果把我送上车。我是一出门就是木讷路痴的人,那一刻,我倒感觉她像个大姐姐,照顾叮嘱着我。

小沫在合肥做广告设计多年,业余给很多签约作者排版,设计公众号二维码、各种名片、海报宣传页,这些对于她都是小儿科。

见面后也知道了她的一些经历,她读高一就辍学打工,做过服务员,进过工厂,摆过地摊,一直很累却没赚到钱,看不到出路在哪里?

她母亲听说邻居的女儿学技术后,在大城市工作体面轻松,终于凑够学费把小沫送到合肥一所职校,学了一年的平面设计。

原以为学习结束后,就能顺利地进入公司当白领,没想到,现实是残酷的。没有学历,没有实际工作经验,没有人脉背景,压根没公司肯要她,每天带着希望去应聘,带着失望而归。

一万五的学费砸进去,没有溅起一点水花,无奈之下,她又回到工厂,在日复一日的枯燥生活里,看不到希望之光。

几月后的一天,她表姐打电话说自己离开了多年的服装厂,免费帮街边广告店打杂,只为想接触电脑学习点技术,脱离厌倦的工厂生活。

表姐的那通电话点醒了她,没有正规公司肯要,何不去路边广告招牌店，学习实际操作，工资少就少点，有点生活费就行。

小沫果断辞职，找到合肥一家灯箱广告店毛遂自荐，她毕竟有一年的学校理论知识，工资不多，老板自然欢迎。

就这样她正式开启了设计生涯，从最开始的证件照拍摄及处理到修图打印、制作名片、海报、宣传单、画册、展架、易拉宝、刻章、CAD出图、画图等。

在广告店上班那年，可学的东西实在是太多太多，她虚心求教同事。而在学校里，只是学习工具的使用，实用的设计都源于后来工作中的总结。

同事担心小沫精通技能后，会影响到自己的地位，总是在做图时，用一手挡在键盘上，用快捷键操作，基本还没看清，她就已经操作结束。

后来，小沫开始"贿赂"她，请她吃饭，和她聊天，有时还会买零食给她。一段时间后，两人关系越来越亲近，她告诉小沫很多工作中的经验方法，设计和软件方面的应用技巧。

小沫是新人，老板出去安装会带上她，因而又学习了很多广告方面知识，有物料的规格、材质、工艺等。

小沫把不会的部分，都记在笔记本上，包括常用图的尺寸、配色技巧、字体排版、印刷厂的资源和报价、材料工艺的优点和缺点等，那一年里，她满满地记下了五大本学习笔记。

积累了丰富的工作经验，行业知识。小沫跳槽到正规的广告公司，终于实现了自己的白领梦，公司有双休，有五险，有自己的先进设备，可学到更前沿的知识，设计图纸之后，开始出图，挑选写真材料，计算尺寸等工作。

她一步步从理论走向实际操作，成为名副其实的设计达人。现在，她已有6年的广告从业经验。除了工资收入，业余时间会接点私活，这是广告设计业的常态，有时日薪过千元。

她给大公司设计品牌形象包装，其中有很多是世界五百强企业、安徽省明星企业。

有次看到她发过来的设计展览图片，是安徽高考状元和联想公司做的公益广告图，大气、美观、震撼。那一刻，我在心里为她竖起大拇指。

这些年丰富的设计经验，让小沫可以在社会上立足，并且生活得很好。

小沫帮母亲在合肥郊区按揭购买了一套小房子，用自己的努力帮助家人，她觉得无比幸福快乐。

如今她再也不是当初那个连公交车都舍不得坐的小女孩，也不用为节省生活费连续几天吃馒头……上天总是厚待刻苦努力的人，一分耕耘一分收获。

她说，我和大多数人一样，都是平凡得不能再平凡的人。上帝没有给我一手好牌，我只能拿着这副拙牌，但我要竭尽全力打好它，我的命运我做主，选择做设计这行业是命运的转折点。

无数人羡慕她，可以拿几份收入，但你不曾知道她的过去，她也曾那样卑微无力，痛苦挣扎过，但是她却一直在奋进，一直在追求，不曾停歇，乐观向上，只为做更好的自己。

学历不代表学习能力，社会是一门更深奥的大学，有一项立身之本才是王道。

真诚善良、热心实在的人，总是受人喜欢，假若你认识一河漪沫，也一定会喜欢上她。

## 湖北又出了个"范雨素",这次是男的

别山举水老师,是我在简书上关注最早的签约作者,前后已有一年多时间,从他没签约开始,他的每篇文字,我都必看,有的都反反复复地看,虽然之前互动很少,但一直在默默关注。

从文字中了解到,他是湖北黄冈人,是70后,本名黄亚洲。他在上海维修空调。炎炎夏日,他顶着当空烈日,冰冷严冬,他冒着刺骨寒风,身背维修工具走街串巷,艰辛劳累可想而知。

他一直坚持写散文,字句斟酌、用词考究,就连标点符号都认真对待,他从身边的小事着眼,文字真挚朴实,心思细腻、直击人心,总能让人忍不住落泪。

我常想这文字的背后,究竟是怎样的一个人?怎样的一张面孔?

某天,看到他早晨更新一篇文章:《等》。熟悉的文字,熟悉的风格,有种忧伤蔓延开来。后面写到,他今天要做手术,那一刻,我本能的反应就很想去看看,都同在上海。

之前他曾在文章和微信群里都有提到,他修空调时,从高处摔了下

来，造成手臂处粉碎性骨折。

几年前，他的脚折了（右腿髌骨粉碎性骨折），最近手又折了（右手尺桡骨粉碎性骨折）。

一个人挣扎在底层，为生活奔波劳苦，仅为生存就耗尽了许多精力心血。

尽管如此，他还能坚持在简书写作一年半，没有电脑，用手机一笔一画地写。不追热点，不哗众取宠，坚持自己的风格，成为简书上的一股清流。

悲催的是，这次他粉碎性骨折的还是关键的右手，最近他只能用左手坚持写文章，回复信息。

当我发信息告诉他，我已经上了地铁，一个小时左右就会到达他的住处时，老师回复：嗯，不用麻烦，现在我很落魄。

我回复老师，不会呀！谁都有不顺利时，我又不是特意跋山涉水从外省赶来，巧合都在上海，也是缘分，千万不要有任何心理压力。

其实我之前从没有想过，也不曾见过任何网上认识的人。

那天，我简信问他在上海哪里时，老师回复说在上海第六人民医院，我用手机导航查了下，是在徐汇区宜山路，距离我一个多小时车程，也不算远。

一路紧张激动不已，找到骨科大楼，前台护士说14号往最里面走，忘带眼镜，眯着眼边走边看门牌，老师在走廊上举起左手向我打招呼。哦，就是他了，没有他文字里说的那么瘦小呀！

见到他的那一刻，倒并没有什么生疏感，仿佛是认识很久的老朋友，抑或是邻家大哥，我开始竟都说家乡话，直到放下背包，坐稳在病房里的椅子上，才想起我们并不是一个地方的人。

老师问我，是从哪里过来的，我答"浦东"。

病房里有三张床位，其中有一个是我老乡，我在窗口朝外看了看，感觉这医院好高大上，先找了好几圈，像入迷宫，老师说，这里很不错，骨科更是国内有名。

哦，那就好，你的手感觉好点了吗？

他说，好点了，当时手术整整做了六个多小时，痛不欲生，当晚痛得整夜没合眼，根本就无法入睡……

我可以想象，因为我也做过手术。

关注你文章，知道你26号手术，但我没有简信问候，是怕你刚手术后种种不方便。老师说，许多简友都很关心他，很真诚热心，有的甚至说要从外地来看他，他觉得自己认识的好人真多。

是你的磁场啊！我说，是因为简书这个平台，我们才得以认识，而且还从线上走到了线下，还结识那么多志同道合的朋友，这也是文字的强大力量。

老师说，他当初是在公众号上知道简书的，从2016年1月开始在简书上写作，专写散文，他的文章70%都上了首页，并成功地成为简书的签约作者，虽然当时他的粉丝还不过千，但文章都是同一个题材，专题篇幅足够。

希望有一天，我也能写得像他那么好。

"我都是自己的阅历，是吃的苦太多，每次在看到一点希望曙光时，命运又让我狠狠地跌一跤。"他说自己文字受席慕蓉影响很大，喜欢唐诗宋词，并喜欢做摘抄背诵。

"上天是要磨炼你啊！每个人都有他的发展时区，相信你以后的岁月一定顺风顺水，有的人很年轻就有成就，但很容易沉不住气。你不写无病呻吟的文字，不故弄玄虚，你的文字属于纯文学，真实记录生活，可能不会一下爆红，但是可以留给后人，能一直一直流传下去的，是中国文学的希望。"

就在我们说话那会，有人发信息说，别山老师的那一篇《蘑菇》被选为初三语文阅读理解题，真替他开心。

别山老师说，要么文字优美，要么感情真挚，要么思想深邃，任何作品都要朝这三个方向努力，占其一点，就有可取之处。。

我们又聊了各自的家乡，我提起湖北黄冈很有名啊！学生试卷都是那里的，黄冈中学声名在外，如雷贯耳，老师说，现在差多了，以前进了黄冈中学，就是一只脚踏进了清华、北大。

我提起我的家乡是安徽安庆桐城，老师竟然对桐城非常了解，说桐城出才子文人，清朝有个"桐城派"，对中国文坛影响深远，惊讶于老师的见多识广，博学多才。

但聊得最多的还是关于写作，和一些共同关注的朋友，爱文字的人多是感性、良善、敏感的。

别山举水老师1992年高考，因临时身体状态不好，只差几分落榜，让全村人倍感意外，从此命运走向了不同的方向，许多比他成绩差的人经过复读，都考上了好大学，生活得光鲜体面。

而他父亲病危，家庭条件不允他复读，尽管他升中学时曾是全镇第一名，读的是县重点高中，那又如何？浮生的悲欢不由自主。

当他踌躇满志地前往沿海广东寻梦，梦想能闯出一片天地时，谁知到达的第一夜，高中毕业证、身份证，全被小偷偷走，任何稍好点的正规工作场所，都不肯给他一个试试的机会。

无奈，十几岁单薄身躯的他，只能在私人小工地上挖土方，靠出苦力蛮力维持生计，辗转在各城市的夹缝中求生存，鞠躬于社会的最最底层。

在不可抗拒的命运洪流里，一点点与自己妥协，与命运妥协，文字曾一度离他渐行渐远，环境氛围能逐渐磨灭掉一个人的所有激情和梦想，让人变得麻木，所谓"人穷志短"，这都是命运的捉弄安排啊！

司马迁曾说过，仓廪实而知礼节，衣食足而知荣辱。衣不蔽体，食不饱腹的他哪里还有空余的心力去练习写作呢!

高考的几分之差,让人的一生有了不一样的命运,毕业证、身份证的丢失,让本来起点就低的他更加卑微,满腹雄心壮志的他只能如蝼蚁一般在城市里活着。

1996年,别山举水老师辗转到武汉菜行,做了两年搬运工,起早摸晚,省吃俭用,终于积攒了一些钱。他用这些钱,在一家职校简单地培训了两个月,掌握了一些电子基础知识,也认识了一些朋友。

1997年再去广东时,很顺利在一家电子厂谋了份技术工的活。工作轻松,时间充裕,他可以有更多的时间做自己喜欢的事。

在这期间,他的父母相继过世,哥哥、姐姐早已各自成家,各自有各自的生活。除了老家一幢破旧的土坯瓦屋,他什么都没有了,形单影只。

他开始把业余时间都用来写文字,文章也曾被东莞电台和武汉电台多次播出,2000年时,曾获广东东莞某电台征文大赛一等奖,有文字见于《外来工》杂志,也有文字被当作中学生阅读理解题。《读者》《青年文摘》《意林》也都多次转载他的作品。

在广东的那一段生活,让他形成了自己独立的性格。穷人的孩子早当家,有了当家的意识。他以自己的视角看待这个世界,不再轻易盲从,清楚自己需要什么,该要怎么去做。一个人不一定适应每种土质,但总有一种合适的土壤最宜于自己生长。

在这人世间,有些路是非要单独一个人去面对,单独一个人去跋涉,路再长再远,夜再黑再暗,也得独自默默走下去。此后的年月,他一个人拼搏,当然也离不开朋友的帮助,慢慢地有了积蓄,盖了房子,成了家,还有了一对可爱的儿女。

成家立业后的一段时间,由于忙于生计,应对各种琐碎压力,他的生活一度没有了闲暇,那段日子他没再写文字。直到2016年1月,他才再次拿起笔，拾起十几年前的梦想，这次，他不打算放弃了。

听完别山老师对往事的诉说，我感慨万千，有种同病相怜、惺惺相惜的感觉。

我在医院停留了近一小时，看到有护士拿盐水过来，要挂三瓶，让他躺在那里，心想我作为一个网友、一个学生，看着他这个样子，是不是不妥，会让他觉得尴尬，就起身告辞了，后来，我又后悔自己怎么那么快就走了呢！

唉，或许不会再相见了，我在上海不会待很久，老师说，此生，不管在何处，希望彼此一生平安！

我说，好的，后会无期！但文字的路上，会一生追随！

第二天，别山举水老师被搬到另一处的分院，因为总院床铺严重不足，做完手术的统统都另移他处。老师在群里说，分院环境极其糟糕。

至少还要在医院待一周消炎观察，鉴定伤残等级，可能达九级，听着都让人心惊、心痛。老天！你何苦要这么一而再再而三地折磨他，即便是铁打的身躯，也难以承受几年内的连续事故，对身体和精神都是巨大的摧残啊！

端午节也跟平时一样就吃点医院餐，毫无任何仪式感，在冷漠寂寥、充满药水味的病房里，想必，他的心里一定是倍感寂寞，思念亲人的。

希望别山老师好好休养，保持乐观心态，尽快完完全全康复，对未来生活、工作不要有太大影响就好。我为他祝福祈祷。

愿他余生都是鲜花和掌声，平安喜乐围绕，所到之处，都是光明和爱！不再有坎坷，不再有伤痛……

有文友说，别山举水的文字有梁实秋的风格，也有人说像莫言，许多人把他的文章打印出来收藏学习，觉得他的文字有大家风范。

希望他的文字能被更多人发现喜欢，而不是埋没在人海里，愿他不用为生存被迫谋生，可以主动选择生活，体面且光鲜。

## 靠写文字，他们实现了阶层逆袭……

很早就在《读者》和其他杂志上看过《三袋米》和《疯娘》两篇文章，文字真诚朴实，每再读一遍都会让人潸然泪下。

直到去年，我才知道了作者王恒绩这个人的相关故事，他算是真正靠文字逆袭的草根作家，也算是一种传奇。

因《疯娘》这篇5000多字的文章，王恒绩在2005年曾受邀走进人民大会堂，从全国人大常委会副委员长司马义·艾买提手中接过奖牌，中宣部副部长高俊良，亲自发言勉励王恒绩，希望他写出更多的好作品。

因为《疯娘》这篇作品，竟有47家影视公司联系他，想拍成电影，前后共有1.5万家网站转载，其中包括美国、新西兰、澳大利亚等中文网站，另外有40多家报刊转载，被翻译成数十种语言，真是一篇成名啊！

王恒绩老师出生于湖北省红安县的农村，因为父母残疾，兄妹众多，家境十分贫寒。16岁的他，随同亲戚来到武汉工地干杂活，他觉得工作苦点、累点、脏点都可以接受，但没有余钱贴补家里让他很不安。于是，他重新找了份在汉口看书摊的工作，工资比之前略高，工作轻松，最主要的是还能有时间看看书，这为他后来成为作家、编剧，无形中铺垫了一些基础，那是在 1988 年。

从王恒绩的故事可以看出，他是一个积极好强、不断挑战的人，听人说饭店做厨师能比书摊打工收入更高，他就果断跳槽去饭店，从服务员开始干起，后又学习厨师技术。

当厨师后，工作时间相对充裕点，业余就拿起报纸杂志看文章，有一天，他和做服务员的女朋友说，也想学习写文章，女友热情鼓励他去试试。

从此，一有空他不是更加认真地看书，就是写文章，寄往一家家报刊。刚开始，投出的稿件如泥牛入海，一篇篇都是悄无声息。挫折，逐渐浇灭了他最初的热情，但女友却依然鼓励他别放弃，就这样他又坚持写了三年。

直到 1992 年，他的那篇有关电视剧《雪山飞狐》的读后感，意外发表了，他获得了 8 元的稿费，那是他的处女作，给了他极大的信心与激励，从此便一发不可收拾。

随着稿件越发越多，他在武汉也逐渐有了影响力，1995 年 12 月 16 日，王恒绩的事迹上了《长江日报》，他成了武汉百万外来务工者的榜样。此后，中央电视台等中央级媒体也开始关注王恒绩，武汉著名作家池莉将他介绍加入了武汉市作协。从此，他一边当厨师一边进行业余创作。

《长江日报》的刊发，引起爱才惜才的《婚姻家庭》杂志社的关注。很快，王恒绩就放下了掌勺，走进《婚姻家庭》杂志社当编辑。能在窗明几净的办公室工作是他多年梦寐以求的梦想，也是他学习写作的主要动力。

他曾直言不讳地说，他就爱写特稿，因为稿费高，靠写作赚钱光明正大。仅 2004 年创作的一篇 5000 多字的文章——《疯娘》，就获得了多家报刊的稿费，另外还有话剧、影视版权费，前后获得了 20 多万元的收入。这篇作品是以他舅妈为原型创作的。他说当时边写边哭，感觉这篇文章很不错，会有社会反响，但结果的火爆还是远远超过了他的想象。

他的那篇2500字的《三袋大米》，同样感动了无数人，同样也是反响极大，改编电视、电影，去年曾看到他空间有条说说提到三袋米的话剧版权费用，有人留言评论，称他的《三袋大米》早已变成了三袋钱啦！

因走上创作这条路，他走遍了祖国的大小城市，还去过近20个国家，从一个早早辍学的打工仔到杂志编辑、作家、编剧，这算不算是实现了阶层逆袭呢？

记得他说文字真是好东西，一篇几千字文章，一不小心就可以被数十万人知道。

他说，当夜深人静时，抱着台笔记本电脑，敲打着一个个字符，按下最后一个回车键的声响，那仿佛是天籁之音。

有人说，找一个自己合适的、感兴趣的行业坚持三年，成功就极有希望。因为通常一个人的逆袭史是需要三年积累的。王恒绩就是在做厨师时业余默默无闻地写了三年后，才有了初次发表的机会。

又在一个三年后，他加入了武汉作协，再到后来的编辑、编剧，每一步都走得稳而踏实，是个很好的励志榜样。

立志想走写作这条路的人，大家都坚持写上三年看看，或许你想要的一切，岁月都会给你。

同样生活在底层，靠文字逆袭的还有红娘子老师。

她从小是外婆带大的，是个80后，17岁那年去广州当酒店服务生，因不甘心一直过这样一眼能望到头的生活，她利用业余时间开始学习写作，兜里每天揣着个小本子，有灵感时就快速记下来。

夜深人静时，同事们都睡着了，她就开个小台灯，不停地写呀写，写上两三小时才肯睡，再把写好的文字带去网吧敲打下来，发在各网站论坛。就这样坚持了三年，开始见到了写作的曙光，陆续有编辑找她写专栏或出书。

成名后的红娘子说，当时她只想奋力改变自己的命运，而写作是门槛最低的职业，不分性别年龄，学历高低，只要你认识些字，读过几本书，手头有纸笔，有倾诉欲望，人人都可以实现写作梦的！

红娘子曾多次在写作群里说，那时候大家对网络写作抱着观望态度，许多人在河边看着，有的走几步又退回来，而她是属于那种胆大先过河，并坚持到底的人。

很喜欢她在QQ空间写过的一段话："一个写作者，如果没有写过几百万字失败的作品，也就根本没有资格去想成功这件事，就好比剪纸，在早期练习的时候，一定会剪坏掉许多的纸，但没有这些剪坏的纸，你就不可能培养出手感，将自己的作品变成好的，如果，你只是眼高手低，永远站在旁边观看，只知道别人剪坏的作品，却从来不敢亲自动手，这是最可悲的，别人剪坏了，还有机会变得更好，而只看不做的人，永远没有机会变好。"

现在红娘子有自己的公司，写书、编剧、出版经纪人等多种身份，她说每天早上起来写作三小时，就足够让她生活得很好了，（她是属于写得又好又快的那类人），其他时间她可自由安排！

我记得红娘子老师曾在文章中说过，当年跟她一起写作的有很多本科生、硕士生，为什么他们没有坚持下去，因为他们可选择的行业较多，写作这事起步时着实是太慢了。

她说自己没有学历，没有背景，唯有死磕到底。她曾在分享会上说，她从小到大没任何优势，学习不好、长相一般、家境贫寒，是从写文字开始，她逐渐找到了人生方向和自信。

不管是三年一个逆袭期的说法，还是至少写下百万字，愿你我都能坚持到底。

## 业余写作出版 31 本书的成功企业家

蒋坤元老师最近可是出尽风头，简书首页、朋友圈、今日头条、百家号、掌阅，各个自媒体平台都有写他的文字，可谓是遍地开花，亮瞎了网友们的眼睛，连他儿子的朋友都在手机上看到有关写蒋老师的文章。

我在苏州线下聚会群里调侃说，蒋老师现在是大网红了，得跟牢你，你是人生导师啊！做人和事业的成功，对写作 37 年来的坚持，种种太多太多，都值得我学习。

在向上生长的力量那篇《蒋坤元比阳澄湖的大闸蟹有名》的文末，我开玩笑留言到，蒋老师是要从简书红遍全网络哈，我没吃过阳澄湖的大闸蟹，我只认识阳澄湖畔的蒋老师。

有网友在头条有关蒋老师的文章留言道，其实他多年前在苏州就很有名气。他曾做过编辑、记者、通讯员，在苏州多个报纸杂志常年有他的文字发表。

当年的"蒋坤元报道"五个字，更是响彻吴中大地，也陪伴了无数人的成长。上次线下聚会的苏州美女张靖就是看着蒋老师的文字长大的。

没想到又在简书与偶像相逢且有缘相聚，激动不已，她为此还作诗一首，觉得是圆了她少年时的梦。

在豆瓣翻看到，前几年就有人把蒋坤元和刘亮程做比较，都是田埂上走出来的农民作家。只是蒋坤元老师影响力仅在苏州，毕竟他这么多年的主要精力还是用在发展自己的两个企业上，文字只是他的业余精神寄托、灵魂安放栖息地。

或许未来蒋老师也能像刘亮程那样，成为中国响当当的大作家之一，能影响更多的人。

从纸媒式微后，蒋坤元老师在QQ空间耕耘多年，去年底转战简书，来这里安营扎寨。

他能在自媒体再次火起来，主要是他本身具有传奇性、故事性、话题性。记不得在谁的文章中，我看到有人提到了网络上的"坤元现象"。

所谓"现象"，即指人们所关注的，已经超越了其人其事本身，而包括公众对其人其事的广泛议论。

今天的蒋坤元已不再是当年的蒋坤元，已成为"坤元现象"。

我是从朋友彩缤的文章里认识蒋坤元老师的，后来听别山举水老师说，蒋老师公众号需要稿件，他已发了一篇文字，我就去关注并留言，没想到蒋老师很快回复，并加上微信。

他可能之前知道我，因为发现简书有他的打赏痕迹，我说投稿的事，他说不敢奢望你投，可以让你的学员来投，也算是给新人作者一个鼓励。

他问起我关于公众号运营问题，我把懂的都告诉他，当他看到我的课程招募通知，很快又报名进群，如此，就算是真正产生了链接。他说曾在安徽蚌埠当特种兵五年，对安徽很有感情，说我是他半个老乡。

目前，他已学习了我三期课程，也是群里的明星学员，爱发红包，爱讲幽默段子，偶尔侃大山胡说八道。我劝他，你有时乱说话，会影响你的光辉形象啊！

他说，轻松下，乐一乐，这样才更真实。其实，真实生活中的他，说话是很少的，他有做不完的事，操不完的心，内心压力很大，家族很多事都需要他承担，是许多人的靠山和希望，不敢有半点懈怠，这是很多从农村闯出来的创一代共有的感觉。

记得文友懂懂也在文中写过类似的观点，他说自己不敢掉以轻心，他是整个家族的航空母舰、灵魂人物。倘若倒下，后面无人，或者说是群龙无首。他是整个家族混得最好的，背负着的是大家的殷切期望，蒋老师亦是。

蒋老师偶尔也会给我群里学员的文字一些真诚的点评，大家都很敬重他，学员群里有他，简直是多了个快乐天使。

我之前写过一篇关于蒋老师的文章，大家说是写他的文章里比较全面的一篇，四位数阅读量，又发布在我微信公众号、百家号上，并转发了朋友圈，更多的文友知晓了蒋老师和他的故事。

仅我的三期学员群里，就至少有八位学员写过蒋老师，他具备很强的可写性，很多人在他身上看到了屌丝逆袭的成功，还有他身上的可贵精神。

他不会看不起比他层次低的人，不管是在做销售时，还是现在当老板时，大家出去聚会喝酒，通常都是他抢着买单，他总觉得别人比自己更不容易。

因为蒋老师常提到我，或转发我文章。很多苏州当地传统作家加了我微信，有江苏省作协的水苏子，还有吴中作协的与秋姐姐，还有他们村的几个写作者，他们本身就是生活里的朋友，对于蒋老师的为人都是称赞不已。

为鼓励文学新人，现在蒋老师的公众号，开设有"齐帆齐学员专栏""别山举水专栏""水苏子专栏"等，录取一篇都给50元稿费。我和群里学员们说，蒋老师是为支持咱们学姐、学长、学弟、学妹们啊，大家好好写，在文字的道路上互相帮助，一起结伴向前。

简书的江苏作者稻香老农曾和李彦国老师聊道，蒋老师对草根出身的作者格外亲近，想一想也的确是这样，比如我，比如别山举水、李彦国、向上生长的力量、小墉正、雪梅等，都是农村穷苦家庭出身的。

他觉得在我们身上看到了曾经的自己，努力写字，苦苦挣扎，渴望被认同，只是他比我们幸运，能在物质上有很大的飞跃。

最近我在看蒋老师的一些书籍，也在他的文字里找到很多答案。

他的一些童年趣事，他写的交公粮，河里摸鱼捞虾，13岁放牛，初中自己打临工赚取学费，用缝纫机踩布头，6分钱一斤，每天晚上踩到12点多，一天下来超过他父亲的收入，放假去湖边捡河蚌，摘丝瓜晒干当药材卖，用煤油灯照黄鳝……这一切，和我们80后也有太多的相似之处。

我也曾写过《陪母亲交公粮》，酷暑天辛辛苦苦地拉稻谷去镇上的粮站，没钱给工作人员好处费，看够粮站工作人员的嘴脸，硬在粮站待两天，其间心酸，只有经历过的人才懂。

那些遥远的记忆，我又在他书里寻找到一种共鸣。

看得出，他从小就是个"孩子王"，很乐观勤奋，即便是每天晚上踩布头踩到深夜，他却非常知足，因为他的父母亲在田地里干活风吹日晒，那才叫真辛苦。他在家里一边踩缝纫机，一边还可以听收音机，就在那个暑假，他通过收音机听了《林海雪园》《红旗谱》等，从中学到了很多创作技巧。他在劳动中寻找快乐的乐观精神，吸引了邻居小女孩美珍。一有空闲，美珍就来帮他干活。

在蒋坤元老师刚写诗的时候，曾经写过一首初恋情诗。诗中他提到了一些相关场景：

我玩命地踩缝纫机，她在旁边玩，

她发现我汗衫破了，她叫我补，

我看见了她光光的背部，

就像看见了一朵茉莉花。

这是一个故事。蒋老师在一篇文章中写道：

当年，我15岁，她13岁，她长得很标致的，我对她很有好感，她对我感觉也不错。

那时，大队里有一家破布头厂，父亲买了一台旧的缝纫机，平日里母亲利用晚上时间踏布头，暑假里轮到我在家踏布头，踏一斤布头6分钱，我每天能踏30多斤，自然这个收入是超过一个劳动力挣的工分钱。

踏布头自然是待在家里，我不觉得寂寞，因为她一天到晚来我家陪我，一边踏布头一边听收音机，她也爱听收音机，我们都喜欢听江苏电台的"长篇连播"，我们听过《林海雪原》，那白茹的心比蓝天白云还美丽洁白啊！我们又一起听过《红旗谱》。

每天只有半个小时，我们听了都觉得不过瘾，每天为朱老总与地主老财冯老兰的斗争而担心，每天还牵挂着春兰、严萍与江涛这几个人的爱情及其命运。

我对她说，你就是春兰。

她对我说，你就是江涛。

然而，暑假结束，我们就分开了。那个"小说连播"也就中断了，所以我们都不晓得故事的结尾。

本来我们有一个约定，若谁知道春兰与江涛后来的故事，那么谁就讲给对方听。这算不算我的初恋呢，我说不清楚。

但我承认，与她一起听过《红旗谱》《林海雪原》，应该是少年时代一件很浪漫的事！后来，她考上了大学远走高飞……

当我看到这段时，感觉这是段朦胧美好的两小无猜的情感。

在蒋老师贫瘠的少年岁月里，也是一种温暖难忘的情愫，只是似乎还没开始就结束了。

因为他出生在苏州相城区的阳澄湖边的原因，他的童年离不开游泳、坐机帆船，当地人结婚娶亲、交公粮、当兵、采购、办大事都离不开船，这一点我的童年没有经历过，因为我出生在丘陵地带。

小时候，他的祖父常常划船去捞螺蛳，整船的螺蛳也只能换来一点点小钱补贴家用，还有打草鞋，用稻草扎成一双双造型各异的草鞋。蒋老师说，他们家屋子里常常挂着满墙壁的草鞋，看上去十分壮观，但他忘记了那些草鞋是如何处理的，倘若放到现在，也具有很好的历史意义。

蒋老师曾写道，60年代的农村，犁田都用牛，灌水则人工踏水车，听那风车吱呀吱呀地叫，当时农村的劳动工具非常的原始落后。我想起小时候夏天干旱时，也拉过水车，队里合伙轮流通宵地车水。

童年的蒋老师，只渴望能够吃饱穿暖。那时候年年都有双抢季节，每到那个时节，天天早上4点，他母亲就得起床烧粥，大人们整个白天都要在田里干活，一直干到晚上八九点才歇工回家。通常，他母亲一早就把全家一天要吃的粥全部烧好，然后把粥放在脸盆里晾着，等歇工回来再吃，那粥上面有一层薄薄的米衣，是孩子们的最爱，孩子们时常抢着吃。

这些画面似曾相识，我小时也是这样，为了节省粮食，也是为了方便，我们家常年早晚都是吃粥，我们姐妹也喜欢抢那一层米衣吃。

他家过春节时，父亲总会买只猪头回来，到了除夕夜，找出一口大铁锅，把切成两半的猪头，放在煤炉上煮，猪头还在煮，他就跑过去掀锅盖，想啃肉骨头，他母亲说等猪头煮熟了才能吃，否则会吃坏肚子。

他母亲把猪头肉切下来，而肉骨头呢，他们弟兄三个抢着吃，接着他母亲再把猪头肉回锅烧，放入少许的酱油，猪头肉是他童年里觉得最美味的食品。

在蒋老师高考前的那个傍晚，他看到邻居在争吵，势头越来越猛，他立马跑上前去拉架，没想到，邻居手上的砖块误砸了蒋老师的头，顿时血流如注，昏迷过去，在医院缝了13针。他就这样稀里糊涂地错过了高考。由于家里没有钱，倔强的他不想再去复习，以免增加父母的负担。

就这样，18岁的蒋老师开始了去安徽当兵的历程，他的命运因为没能参加高考而灰暗了很多年。假若当年考上了大学，现在的他，又会是另一种不同的人生！

在新兵连里，蒋老师因为训练动作不标准被罚反复练习。他在部队里学过修理各种枪械，直到闭着眼睛也能拆装维修各种枪械。他还在厨房里做过一年多的炊事员，在做炊事员时，他无数次为自己前途渺茫而流泪叹息。那时，他自卑、敏感，一个人年少远离家乡，只得用写日记、写书信来倾诉心情，排解苦闷。

在当兵的第二年，他开始学写新闻稿，在《工程兵报》《人民前线》《安徽日报》等多家报纸，都有他发表的文字。由此，他受到领导的赏识，被调整为文书，荣立三等功，那是他在部队几年所获得的最高荣誉。

还因写作，结识了一位安徽黄山屯溪的文友，那女孩是语文老师，文笔优美。同蒋老师通信了数月，彼此欣赏。有次来信说暑假要来部队看望蒋老师，可蒋老师害怕严格的军纪，回信让她不要来，几月后蒋老师退伍回老家。阴差阳错，他们就这样消失在彼此的生命里，再也没有任何交集，只留下一些模糊纯美的记忆。

1985年1月，蒋老师退伍后被分配在家乡一家公司做文书，还兼任民兵营长、科技档案员。等到年底了，工资却比看门的老头还低，他很自卑。

1987年，乡政府精兵简政，他又被下岗，就去乡办蛇皮厂做出纳，有次客户请厂里的人一起吃饭，蛇皮厂老板却拍着桌子说蒋老师是打工的，没有权利上桌子。那一刻他感到莫大的侮辱，眼泪都流出来了。

更让蒋老师无法接受的是，老板诬陷他偷改发票，蒋老师终于忍无可忍，气得踢了那老板一脚，愤而离去。

那几年，是他生命里的低谷时期。他犹如一个落水者，看不到自己的路在哪里。

直到1989年，他到渭塘压铸厂跑供销，才算找到了人生的方向，白天跑供销，跟着货车装货卸货，有时好几吨的货物，就是他和司机两个人搬上抬下。

每天累得筋疲力尽，但夜里依然坚持码字，他在文字世界里找到了发泄口，梳理自己的思想，多了份对人生的思考。

做销售的12年，他积累了很多做业务的经验和人脉，并从老板那里学到了许多企业经营之道。

2002年，他已是40岁的不惑之年，做销售每年已有十来万元收入，在当时，这已经是非常高的收入了。由于老板对他很器重，加上他爱人又十分贤惠，他的生活充满了阳光，全家的日子过得殷实安逸。他把自己的作品分门别类，出版了9本书籍。

9本书的出版，加上收入又十分丰硕，蒋老师成了人人羡慕的能人、作家，但蒋老师有居安思危的观点，他觉得人生就像一个抛物线，他已经快到达抛物线那个顶点了，若不再改变战略，就可能会走下坡路。

即便是到了70岁出了50本书，销售做不动了，到时也可能成为一个门卫。他想要人生有更大的突破，毅然决然地辞去稳定的高收入的工作。为此，他爱人气得半年都不理他。

2002年9月，突破重重阻碍，他四处筹钱贷款，正式创办了苏州正翔公司，意思是要向正前方飞翔。

他租下100平方米的小矮屋，前面有条河。他觉得自己离不开水，出生在湖边，当兵在淮河边。

开始，他买了两台冲压机，吃住都在厂里，一心想尽快把正翔公司做大做强。那段日子，许多事情他都亲力亲为，他想证明自己的人生价值，想要追求更高更远的梦想。

一直生他气的爱人最终还是去厂里看了他，看那墙壁黑乎乎的，夫妻俩一起买来涂料，将小屋全部刷了刷。屋子变得亮堂多了，两个人仿佛也看到了未来的曙光。

蒋老师变得愈发有干劲，之前做销售时，得空还喜欢去打打扑克，自己当老板后，他再也没有去棋牌室打过牌。他爱人说他当老板后像是变了一个人，更加成熟稳重，也不再发脾气，满心想的都是如何能把正翔公司做起来。

当老板的第三年，他向村子里租下11亩地盖厂房，那时候，国家鼓励兴办企业，批地流程非常快。

他就在工地亲自动手，和工人们一起干活，建筑材料，工钱，如何利益化最大，每一处蒋老师都精打细算，别人笑他是"荣誉监工"。一年多时间过后，5000多平方米的厂房拔地而起，一半自用，一半出租。由于蒋老师为人真诚用心，他工厂的产值一步步上升，从年产值50万做到200万，直到现在的数千万。

2006年，他野心大发，脑门一拍，借了二三千万元，要去阳澄湖买地，他觉得土地是不可再生资源，他骑摩托车找到负责卖地的，对方看他骑个旧摩托车，对他很是不屑。

他拿出自己所有积蓄，又去银行贷款，买下25亩土地，加上建设了2.8万平方米的厂房，共花费3000万元。这在当时，也算十分有魄力的！

熬过了2008年的金融危机，这些投资的钱给蒋老师带来了丰厚的回报，也让他的资产迅速提升，当然其间承担的巨大压力也不言而喻，文字又岂能表达万分之一。

自 2002 年 9 月创办正翔公司，蒋老师修建厂房就向亲朋好友借了两百多万元，而且是要付利息的，比银行高出好多。蒋老师有个账本，封面已残缺不全，里面清清楚楚地记载着他这些年借钱还钱的过程。

一晃 10 年过去了，这十年也是蒋老师还钱的过程，现在借款快还完。他说，如果还掉所有债务，就会跪下亲吻大地。这一天，应该不远了。所幸，他当时的投资获得了丰厚的回报，这也就是天时地利人和啊！

他儿子晴谷看那个账本说，爸爸这个本子你不要丢掉，以后给我。这个账本见证了蒋老师工厂的创业发展史，见证他走过的风风雨雨，那一笔笔数字承载了他的不屈不挠、奋起拼搏的精神。

他爱人后来曾提到算命先生的话，算命先生说蒋老师在 40 岁那年，会有很大的转折，不要阻挡他，顺其自然。这难道真是冥冥注定？算命先生的话当然不可信，没有努力，任何人都不可能成功。

不管是从蒋老师的描述里，还是从他以往出版的书里，我了解到他有一个伟大的祖母，还有他那心地善良的母亲。

在他很小的时候，祖母就教育他做人要勤奋努力、正直善良、有责任心，不能欺负弱小者。

2003 年，在他刚创业的第二年，厂里有位女工，不慎被冲掉一个手指头，蒋老师一下赔了 3 万多元，比同行高出很多。

蒋老师的祖母把自己一生的积蓄拿出来，让他父亲送到工厂，那是 12000 元，是他老祖母用纺纱车一块纱布一块纱布地织出来的。蒋老师拿到钱时，眼睛湿润了。

他祖母后来说，蒋家门头就靠你了，你哥你弟都是在别人手下打工，唯独你是自己在创业，从小就很聪明，看好你，现在的坎，要扛过去，不要被打倒。

这是一个年近百岁的老人对孙子的殷殷期望，让人为之动容。

蒋老师的母亲也像他的祖母一样善良。在母亲过80岁生日的前夕，蒋老师心想，八十周岁的生日，应该算是一个大寿，要隆重地庆祝一番，但她母亲叮嘱，不要大张旗鼓地办，要节省、积福报。母亲的话，蒋老师思考了良久，然后他在公众号里写了一篇散文，记下了母亲对自己的教育，以及自己的感悟。

蒋老师老家的房子快要拆迁，他妈妈竟然把过渡房让给了村里的一个远房亲戚。蒋老师开玩笑说，那你以后住哪里？他妈说去弥陀村，弥陀村都是家庭条件较差或五保户等特殊家庭的人才住的地方。

正是他奶奶、妈妈这种好品质影响了他们弟兄三个。他们弟兄在当地是出名的团结、孝顺长辈，他的母亲是很多人羡慕的对象，所谓的母凭子贵。

蒋老师名下的安置房让给他侄女了，因为蒋老师的嫂子去世得早，他哥哥就在他的厂里帮忙，蒋老师想尽力对他哥哥和侄女好些，还帮她侄女还房贷。在他厂里，工人都很尊敬他哥哥，喊他是大老板。

我常常在想，蒋老师真是人生超级大赢家，不但是事业有成，资产过亿，他爱人又特别能干，聪明贤惠，乐善好施，在一家净水器公司当副总，年薪颇丰。

他儿子晴谷更是青年才俊，重点大学毕业，在大企业锻炼两年后，回家和蒋老师并肩作战，拓宽新品的开发，提高产品竞争力，越来越显露出他超越父亲的眼光和魄力，是无数老人夸奖的对象。

同时晴谷还帮忙管理岳父的企业，他岳父也非常欣赏他。受他父母的言行影响，他生活很节俭，极少买名牌服装穿，常穿两百元的衣服。去年结婚时，他岳父给他150万元，希望他买一辆好点儿的车，晴谷却觉得几十万的车就好，把剩余的钱交给他媳妇保管。

蒋老师曾在采访里讲到，他一生里最好的作品，不是创办了两家正在蒸蒸日上的企业，也不是出版了31部书籍，更不是上过电台、上过杂志封面，以及在苏州拥有的名气，而是他儿子——晴谷，那是他最大的骄傲与成就。

蒋老师认为，当一个人达到一定的高度，他就会更严格地要求自己，追求更大的目标。

把生活当作艺术，你就会处理好家事、国事、天下事。一个人连妻子、儿女都管不了，何以管工厂和天下呢？

所以，他管工厂有自己的想法。蒋老师曾自豪地说，我儿子老是问我什么的，我对他说，你不要问我，我做任何事情从来没有问过我的父亲，你也可以这样。因为只有这样，或许付一点学费，那就付学费，不要付一百万学费的时候才说后悔。

我曾问蒋老师，在你的生活中，最重要的是文学、金钱、感情，还是其他？

蒋老师这样说，小说与我无关，而诗歌散文，这是我的一种业余爱好。写作至少丰富了我的内心世界，或者说在寂寞的时候找点事做做。在我的生活中，最重要的是爱情和亲情，18岁我当兵了，那时候我多么希望再来一次对越自卫反击战，如果我牺牲了，我的抚恤金会让我的父母兄弟们过得好一点。现在我有了儿子，我都希望我的事业不断强大，为他搭建更高大的创业平台，所以吃再大的苦我都心甘情愿。我对金钱的认识是这样的，100万元和1000万元是一个档次，赚钱多少不是目的，但是是一个人能力的体现。

蒋老师还有更高的理想和目标，他满怀激情地告诉我说：我要把"正翔"做强大，从一开始我就想通过ISO9001质量管理体系认证，因为我需要飞翔的翅膀，未来的十几年，"正翔"不只是做五金冲压件和塑料制品，希望以后能开拓其他的领域，恃财傲物和随遇而安，都不会走向成功的大门，所以我选择真诚和信任，我的目标已设定，就看我的行动吧，我不会辜负身边人的期待，不会虚度光阴。

"正翔"，"正翔"，风景总是在远方，目标在正前方，没日没夜，蒋老师仍然在写着一些文字，记录一个企业老板、一个农民作家真实的思想情感历程。蒋老师已经实现了他当初的宏愿：要做苏州最有钱的作家！

我同蒋老师说过多次，公众号排版可以请人帮忙排，你可以干更重要的事，你一天给作者们打赏都是数百元，两天的钱用来请人够了。他说，能自己做主编排版，挑文选图，看着自己排好的文章，非常开心满足，这是他曾经的梦想之一。

他对别人舍得，拿出资金请孤苦老人吃饭，去贫困地区做精准扶贫，却对自己十分节省，上一辆面包车开了十年，今年刚换的还是面包车。他的穿着更是朴素，我有一位在苏州渭塘开店的学员安红，她曾说蒋老师去她店里办会员卡，却很少去消费，她有次看蒋老师的袜子居然有点破，她看不过去，拿了双新的塞给他，蒋老师又加倍打赏回去。

蒋老师的心里装着很多人，很多事，却总是把自己放在最后。一个身价上亿的老板，一个精神和物质双丰收的人，能做到这样的为人处世，真的是少见。

生而为人，能像蒋老师这样拥有这么多，妻贤子孝，幸福圆满，精神物质双丰收，这是多大的造化啊！

## 很有收获的一天

中午时分，二妹突然对我说，侄女同学的妈妈王筱玲很想见我，之前依稀记得她提过，说也在写文字。

我自然是欣喜前往相聚，在一家比萨店远远看见一位皮肤白皙透红的美女，心想这应该就是她吧。

不愧是学过舞蹈的，素颜爽朗、气质超好，她说她看过我所有的文字，终于得以相见，她好开心。

我们闲聊文字、自媒体，她的文字我觉得写得挺好的，蛮有深度，偏于传统风格。

她却觉得我写得又好又快，是不是每个初学者都是这般自卑迷茫呢！我压根没觉得自己的好。

王筱玲说她写一篇文章要三天，总是改来改去，憋得很辛苦，其实对新人而言，这都是常态。她关注简书里的第一位作者是我，因为是熟人姐姐。

她还把江绍和的文章摘抄做笔记，看得出她的细心和认真。

我鼓励她坚持写下去，以后自然会看到回报，我表示会帮她投稿试试。

妹妹说她心态非常好，乐观积极不抱怨。这样的人总是会有好人缘。性格决定命运，我深信她的未来会非常美好。

我们聊了一个多小时后，妹妹约的一个亲戚徐总也到了。他主要用自媒体来做旅游业务，做东南亚和非洲路线，是属于细分垂直领域，面对的群体全是各地的摄影家和摄影爱好者，大都是40岁到60岁年龄的群体。

用他的话说，他的客户群体都是有钱有闲的，他们经常去世界各地拍摄特色动物和景点。

全国共有50多家做这类业务的，算是小众产业。他说，做大而全是不现实的，能搞得过携程旅行网吗？只有做小而美的，才能长久。

徐总和妹夫家是一个镇上的，早些年读了本科，当时全校就考上两个本科生。后来不甘平庸的他，开始了北漂生涯，他住地下室，最穷的时候连20元都拿不出，就这样过了三四年的低谷迷茫期。

2002年，他找到了适合自己的变现途径，开始做旅游产业。

那些年都是用纸媒做推广，每年花费20万广告费。随着社交媒体各平台的崛起，传统纸媒报刊日渐式微。

自从2015年以来，徐总开始转型用微信公众号、微信号、微信群进行精准营销。意外的是那年一个秋季就赚了50万。

从此他便开始大力发展微信公众号营销，他甚至专门成立了一个部门，亲自抓微信推广。

他说现在传真机、电子邮件早都不需要用，推广费也能省下，更不用像过去那样还要上门，到处去喝酒拉人。现在直接微信转账，出发前三天拉个微信群，任何事群里发通知，特方便，他感慨地说互联网时代，确实成就了许多草根英雄。

现在比过去做业务轻松得多，也收获更多。仅去年一年，他用微信就做到了3000万毛利。

今年他就在老家养花遛狗，他养花分系列养，有月季、芍药、蔷薇等。

他女儿在美国留学。他们家在北京、滁州、合肥都有房产。北京的房子当时6500元一平方米购买的，现在值6万元一平方米。

他自嘲说他有几个皮包公司，国外路线业务直接外包省事，一趟北极路线就可盈利十几万元。只有5个员工在合肥办公室，其他有十几个是兼职合作带队的。

他在老家用100兆的光纤，网速杠杠的，用的是北京手机号，没有人知道他到底在哪。

网络时代很多工作已不需固定场所，只要有根网线就可与国际接轨。

人在山里小镇还是县城、大城市都不重要，主要是你的思维认知不能局限于小镇，要有互联网思维，还有高境界和大格局。

他说现在他有6千位高质量种子客户，也是多年的积累，客户再转介绍，还有公众号和150多个微信群的推广，都是摄影爱好者群，都有潜在客户，这样的推广有针对性、精准。

他听说我们是写文字的，觉得靠写纯文学实现财务自由太难了，一定要有特色，要细分，要图文结合。他建议二妹可以做美食视频直播，不用太专业，就用手机即可，苹果和华为的拍照就不错。

他和我们谈到做旅游自媒体的"麦小兜带你去非洲"公众号和头条号，90后小夫妻一路旅行做直播，男孩开车，女孩形象很好，车子前后有摄像头，另外还有直播架子，车子是奥迪赞助，每天都至少剪辑上传三四个视频到头条及多个平台，吃饭都是在直播，非常辛苦。粉丝从去年的15万到今年的60万，身价自然是水涨船高。

另一个"卓玛带你游西藏"这个公众号，照片、视频极其专业，用的是个美女图像，其实背后是个团队在操作运营，他们在同行业里做得非常好。

之前我曾打算采访他，他表示不希望自己曝光在网络，之前他在头条视频有露面的都剪辑去掉了。

他说，你们文艺青年，要想听传奇故事，一定要走出去，文字会更有宽度、高度。

最好去尼泊尔、印度、柬埔寨等地，那里消费不高，五千六元就可，但不适合跟团，因为跟团行程匆匆，会错过很多精彩故事，找几个志同道合的朋友一起，那路上有的是各种传奇狗血故事。

他一直说很佩服我们姐妹三个，真的很不容易，很励志，在这样的环境下还能坚持写作，实属不易。我急忙答道，我们并没有什么成绩呀！

"但你们有着坚持的决心，有写作的爱好，本身就已经很了不起，我一年四季到处跑，也没见几个还能静下心来写作的人，你们需要找到一种既实现理想又能有丰富收益的途径。"

"你们学历不高，都是靠后天自学，我还把你们的文章转发给我员工看了，很接地气、真实。"

"听说你还有个小妹，很早辍学，后来自学大专、本科和日语？""嗯，是的。"

"你们姐妹好好发展，持久坚持下去未来一定很不错，说不定到时我还要请你们签名呢！"

"我认识你们桐城有个女孩在天涯论坛写游记连载的，文笔很不错，已签约出书，想写游记的去一些穷国家反而比发达的更好些，文字会更有可读性。"

"写文字的人都是有情怀的人，写文字的人都是随时能静下心来的人，大多数人就缺那个耐心。"

他说很开心，可以和你们谈谈自媒体互联网这些话题，老家好多人压根不知道自媒体、新媒体，如同听天书。

徐总走后，妹妹说道，他一个年收入好几百万的人，却还很低调、谦逊。穿着以及开的车都很普通，就和老家种地的人看起来差不多，很亲切、平常，但一开口就看得出他的见识和高度。

听到这位亲戚对互联网自媒体的见解分析，我惊讶于他的博学多才，感动于他的倾情分享。

我们还是要多接触不同的人，从而打开思维的天花板。

今天是很有收获的日子。

### 煎饼大妈月入三万，你也想试试吗？

北京地铁口黄金地段，某煎饼大妈爆红网络。因为跟顾客发生争执，大妈硬气放言："我月入三万，怎么会少你一个鸡蛋？"

吵架不是重点。重点是，原来卖煎饼都月入三万了？这条新闻引来围观无数，网友们自动站成了几派。

一派不屑一顾：切，月入三万又怎么样，起早贪黑那么辛苦，不美不酷更不体面。

另一派负责调侃：请问哪里可以学摊煎饼大法？辞职去卖煎饼的话带我一个。

大妈卖鸡蛋煎饼月入三万，平均一天一千，你心动吗？

说实话，我就摆过地摊卖小笼包子、豆浆，每天早上三点多起来和面、熬粥、做豆浆，准备好煤球、水、煤钳、板凳、小桌子、大雨伞，晴天下雨都得需要，清点好每样必需品，一样不能落，再拉着三轮车去摊口，前面拉后面有人推，遇上狂风暴雨真是狼狈不堪。

摊口通常是提前找好的，每天在那看着上下班的流动人群，经过多次观察选择决定,其实每个城市最好的可摆摊黄金地段,早早有人占在那里,我们只能靠旁边的旮旯位置摆。

那时候我们卖小笼包三元一屉,再带豆浆、稀饭,一天下来,算一算,也就四百五十多元营业额,扣除一半成本,也就只够俩人功夫钱。

那位大妈一天赚一千,至少要达两千元的营业额。这样大的营业额,一个人是无论如何忙不出来,两个人都够呛。早餐也就是那两小时,提前做太多必然会影响口感,卖煎饼和早餐的那么多,还有这位大妈肯定是黄金中的黄金地段。

而且肯定做了好些年,因为新人不可能抢占到如此好的位置,这犹如摇钱树,顶好的位置,不是谁都能拥有的,他们即便是特殊情况回老家不做了,也会让给自家亲戚做,或者高价转让,别人现场看你能卖多少鸡蛋多少面粉,自然愿意接受高额转让费。

并不是所有摆地摊的都能有这么高收入的,不能把少数特例拿来说话,大多数人只能勉强维持温饱而已。

如今各行各业竞争都特别大,市场哪会有多少高薪行业?何况是没有太多核心竞争力的摆摊生意。

我开店时,只要生意好些,几个月后边上就有同行来加摊,五里路就有五家包子店,你做得实惠,我比你更实惠,形成恶性竞争。

煎饼大妈一天净赚一千,那只是万里挑一,不信,你可以试试,黑乎乎的天起早忙碌,出摊卖货,面粉常弄到脸上,钱都是油腻腻的,穿不了干净衣服,收拾擦洗,没有周末,没有任何福利保障,风里来雨里去,累死累活你看能赚多少?

太多大学生听说摆摊很赚钱,盲目地也来尝试。他们总是带着希望而来,带着失望而归。

做小生意常有城管来"光临",被撵得鸡飞狗跳,一天白忙都不够,有时连车都被收去。还有卫生部门收费的,有区里收费的,还有地痞收保护费的，咋有可能让你一个小摊主赚这么高的收入？

生意如何，周边左右大家都会看得出，找店铺找摊位的，每天不知有多少人，我猜测那位大妈除了很早占个好位置，必定还有很多过人之处，勤奋吃苦，物美价廉，人际关系处理得很好。

我在西安时见过一对新疆兄弟，在城中村的最繁华位置卖烤羊肉串，生意特别好，常常排队，城管从来不管他们，也没同行敢争夺他们的生意，有人背后说他们实力大，很野蛮，黑白通吃……

在这种情况下，他们每月有高收入当然是有可能的。

我周围都是做生意的人，根据大家的分析，这位月收入三万的煎饼大妈，肯定是占了某种特殊优势，竞争力比别人强。

我家有亲戚在嘉兴某菜市场做生意，自2005年以来，他们只卖豆芽菜和塑料食品袋，只卖上午几小时即可，年入在50万以上，听起来是不是很美。

原来，他是把整个菜市场垄断了，豆芽菜和塑料袋只有他家有，豆芽菜批发八九毛钱，他卖2元一斤，两口子轻松又赚钱。

但前提是他们和工商局、管理菜市场的多方领导关系搞得极好，也花了不少钱维护这些关系，相当于买断了经营豆芽菜和食品袋的独家生意。

每年都有人喊钱难赚，但每年照样有赚的赚，也有赔的赔，每行都是二八法则，20%的人赚80%人的钱。

不管是做生意还是在职场，就拿大家熟悉的销售行业来讲，在上海，一个出色的理财顾问年收入过百万，也是大把抓。

前同事李洁在浦东一家新三板公司，就是企业未上市之前的股权投资，属于价值投资，她们所做的项目已在新三板挂牌，目前是ipo前的最后一轮融资，8元一股，她一个月就卖80万股，百万业绩以上为5个点提成，她有时一个月就赚35万，仅奖金就是两万现金，这是千真万确的事。

但是她就能代表所有销售人员吗？她所在公司有多少半年一年只拿四千底薪的人啊。

前同事李洁，她有销售经验，人很聪明，也是熬了大半年后才有的惊喜，她每天去公司比别人早，下班比别人晚，电话通时至少打四小时以上，下班路上都在听财经频道，周末也在家苦练专业知识。

在7个月零业绩的情况下，她不卑不亢，保持初心，幸运之神终于垂青了她，开发出一个背景非常强大的客户，本来只买五万股，后感觉项目很不错，不断追加，又介绍他的朋友们来公司团购，仅上月李洁就有640万业绩。

那位客户介绍来的朋友，不是富二代就是上市公司老总，投资观念很强，看准了项目就果断出手。

她就是努力又碰上了运气，才有如此傲人的成绩，成为她们全公司羡慕的对象，现在她只要把客户维护好就行，不需要再开发新客户，也够她以后体面生活了，李洁一个月顶别人两年。

不管是北京地铁煎饼大妈，还是我那卖塑料袋的亲戚，或者我的前同事李洁，他们都是某行业的佼佼者，并不是普遍现象，他们肯定具备很多优秀属性，还有一些成功策略。

不能看见纽约街头有一个流浪汉，就说流浪汉代表了美国的主流社会，不能看见一个中国的富人，就说全中国都富得流油。月入三万的煎饼大妈，并不能代表中国所有摊主们，我们也要看其背后的付出辛苦和机遇能力。

作为普通人，并没有天上掉馅饼的运气，所以我们唯有通过自己的双手去打拼，才能过上想要的生活，光鲜亮丽的背后，往往是不为人知的艰辛。

做小生意营生也好，在职场打拼也好，愿我们努力走好人生的每一步，不盲目羡慕任何人。

## 你是被思维方式所束缚

我二妹一直喜欢研究美食，西式中式，花样繁多，应有尽有。并且她还喜欢分享出来，她所做的美食简直就像一个个艺术品。看她朋友圈就是一种美的享受。

我常常被不同的人问到，"你二妹家是不是富二代？家里很有钱吧？"

这样的问题，还真不是一个人问过，这就是他们的思维模式，也可以说是大多数人的思维共性。

其实我二妹家并不是什么官二代、富二代，再说这些美食能花多少钱呢？两个洋葱、胡萝卜，或者面粉类食材，就算她天天做也不过是二三十元的事。这水平几乎谁都可以实现呀！

兴趣是最好的老师，二妹就是喜欢钻研这些，如此而已。

我二妹嫁在农村山区，也是 2017 年才在县城买了学区房，按揭分期的。她爱人平时做些小工程，家中贷款买了台挖土机。确实并不是有些人想象中的那么有钱。二妹家做工程时，常常也是拆东墙补西墙地应付各种费用。

尤其是去年很不顺利，工地上出了事故，一年辛辛苦苦赚的钱，用来赔偿都不够，虽然不是肇事者，但是双方都是他们家的员工。

做工程项目，最害怕的就是出现这类悲剧，当然，这种事没有人愿意发生，只能说是运气差。

然而，人们看到的是我二妹常发各种美食，但人们不知道的是，她的生活却十分不轻松：一个人带俩孩子，买菜、接送孩子、做家务，孩子还常常感冒生病，常常整夜睡不好。

有多少次，二妹一个人带娃去合肥医院，抱着孩子楼上楼下地跑。生活中，没有哪个人的生活是容易的，都是一地鸡毛啊！你所看到的不过是生活的一小部分。

亦如卞之琳的那句：你在桥上看风景，看风景的人在楼上看你，明月装饰了你的窗户，你装饰了别人的梦。

我的二期学员庶人米，她是定居在挪威的东北人，85后。

有文友看到她发的国外旅游风景照，上来就问，你活得这么潇洒，你家肯定是富二代。

这种轻易给别人下结论的人，有多让人无语，是狭隘还是激进？见不得别人过得比他好？

了解庶人米过往的人知道，她并非出生于富贵人家，她成长在单亲家庭。由她奶奶照顾长大。因为没有考上公费高中。读自费的需要两千元，而她奶奶压根拿不出这钱。一遍遍地哭着说自己没用，庶人米安慰她奶奶，她要自己出去打工赚钱，再找机会上学。

就这样，16岁的庶人米来到上海，省吃俭用打工一年，自己报读成人大专，业余时间还争分夺秒地坚持自学英语。赶上所在的合资公司有外派名额，她成功获取了这个机会去往挪威，一年后结识了她现在的老公，一位非常优秀的挪威籍帅哥，她的每一步看似偶然实则必然，是她不断向上拼搏的结果。

她擅于抓住每一个机会，并努力做到最好。这样的人，不管在哪都会生活得不错。机会总是垂青于那些有准备的人。

不要不问青红皂白就说别人肯定是富二代，忽略别人的辛苦努力，总觉得别人混得好，都是有什么特殊原因。

有那功夫还是多多提升自己的能力吧！尤其是自己的思维认知。

另一位朋友，他曾在五十多个国家旅游，总是有人说他背后有财团支持，或者家里肯定是官二代。而真实的情况是，他完全是靠他自己。

开始的两年，他一边打工一边旅游，是属于穷游那类，拼车合租，跋山涉水，风沙暴雪，多少次命悬一线。他是为了提高眼界，开拓思维，换一种不同的生活方式。

他兼职做过淘宝。还在网络平台上写文字和网友们分享行走在路上的故事，引起了出版社的注意并邀请他出书。他还签约多家自媒体平台，给旅游网站提供摄影照片。

有些事，并不是外人所想的那么高成本，而是他们有勇气去做自己喜欢的事，并想尽一切办法来解决遇到的问题。

多少人是败在了自己的思维上，认为别人常做美食，就是有钱有闲，认为别人过得潇洒就是富二代，看着别人各处旅游就怀疑是官二代出身，看着别人发表作品多，就觉得那人有天赋，或者家务不用干。

反正就认为别人有捷径，别人有资本。用自己狭隘的思维去揣摩臆测别人。

我微信群里，有一位文友，带着两个小孩子，小的才2个月。即便如此，她还能每天写几千字。她说就是爱好，感觉写出一篇文章很有快乐感，有时不知不觉写到凌晨一两点。真想做的事，不存在没时间一说。

不要总认为别人是命好，或许你比他们各方面条件更好。找到自己的兴趣点，下决心行动，你一样可以。

艾力说，没有什么是比认命更自暴自弃、更可悲的借口。不努力就不努力，别把什么都怪罪到命运，这个锅，命运不背。

第四辑　能飞多远就飞多远吧

## 懂懂和他的《懂懂日记》

关注《懂懂日记》已有一年多时间，只要他空间日志上所显示的日记，我都翻看过。我老关注一个人，就会把他空间所有的文字翻看一遍。

懂懂日记的价值不在于它是否有文学性，不在于它是何种写法，不在于它的篇幅长短。如懂懂自己所说，他写不出命题作文，他就叫它日记。没有固定格式，没有前思后想，就像是在拉家常，娓娓道来，感觉就如同身边人在对话聊天，亲切自然。

但每一个读者都能从他的日记里获取所想要的信息，能让每一个人都有醍醐灌顶的感觉，商业价值巨大。

懂懂最大的传奇之处，就在于他每天写七千到一万字，重要的是已坚持了12年，仅凭这一点，他注定不会是凡人！

这是何种强大的意志力和自律精神啊！即便每天抄写这么多字，大多数人也坚持不了这么久，甚至许多人每天还没有读过这么多字，何况他还要构思素材，要费脑细胞，要一个字一个字地敲打，更重要的是他数十年如一日。

懂懂仅凭写日记就养活了一个家族，他岳父母的房子都是他所送，他真正算是从底层逆袭，过上了中产阶级的生活，如今房产数套，豪车数辆，他说写日记是他的主业，其他产业生意是在此基础上延伸的。

在微信公众号还没大肆普及时，懂懂日记每天仅QQ空间就三四万多次的阅读量，其他平台还不算，他说自己如同每天给三四万人在开座谈会，很有成就感。

我们都知道，任何一个成功之人，必定有他的过人之处，他每天那么大的写作量（近万字），且那么长的日记还能做到几乎没有错别字，这让隔几天才能憋出千把字的我，情何以堪啊！

他每天五点多戴上隔音耳机，开始埋头写作，白天还要去店里处理茶叶和签名书生意，接待读者访客，积累素材，每天还坚持打球运动，有时还要出去旅行。

看懂懂日记一年多，我发现他日记里主要涉及以下方面：

关于未来趋势的分析，关于互联网思维，关于seo优化（搜索引擎优化），关于网红粉丝经济，关于人工智能，关于写作，关于中医，关于转基因，关于运动打球，关于各种车子，关于股票、定向投资、旅游、电商、签名书市场，关于茶叶市场，关于茅台收藏价值……

懂懂老师似乎站得高，看得远，格局大。他的日记让我大开眼界，补充了我许多未知领域的知识，这些知识在我现实生活圈子里是接触不到的。

这也是懂懂日记能吸引数万读者的主要原因，而且读者黏性极强，不少出版商都想买断他日志的版权。能多年不被市场淘汰，能立于不败之地，这就是懂懂最大的成功。

他对任何领域总能分析得头头是道，用真实的事例来证明观点，他都是以第一人称来叙述。

## 关于婚姻

没有被父母祝福的婚姻，得不到真正的幸福。女孩子找对象要朝上看，最好对方身上有自己崇拜的点，千万不要往下看，以为自己是救世主，能救苦救难。一旦婚姻瓦解，再婚，女方再难找到同龄优质男人，这是大概率事件。

## 关于评三国

懂懂说，去台湾时，去了蒋公的故居，感叹，今天的我们都没有达到他当年的生活品质。时代进步了，我们总是能随意地指点江山了，曹操长刘备短，仿佛我们高他们一等，真穿越回三国，我们也不会出现在《三国演义》里，无非就是死伤无数里有我们一个无名小卒。

我以前调侃式写了一句，最适合讲《三国》的不是易中天，而是毛主席。

因为，他更懂他们。

## 关于学校

记得他曾写过，线下教育迟早要被线上改革掉，因为未来偏远乡村也可以引进北京的优质教师，线上课堂网络教学。

像如今的各类线上英语，已经是这种模式，正宗的外教，纯美式发音，全球最顶尖的英语教材，电脑（平板手机电脑）随时预约，在线课堂，师生互看到对方，一对一，每周学两三次，每次四十分钟，孩子学上两年，就能轻松地和外国人交流，而这点是传统的教育所达不到的。（父母也可在边上看到老师，若有两个孩子可以一起学。）

懂懂说，公立学校迟早会被私立学校干掉，如今大学里的相关课程，早已与市场严重脱节，如同一些墨守成规的快递企业迟早会被顺丰快递干掉一样，所以大城市许多富人中产家庭喜欢把孩子送进私立学校。

## 网红经济

他说网红经济，就是感受一种气场，就是像懂懂这么小得不能再小的自媒体，都俨然成了一个小王国，有自己的圈子，有自己的粉丝，几乎每天都有慕名而来的，有送花的、有送茶的、有送酒的。还有就是感受卖货的速度，500斤茶叶，从开始吆喝到卖完，只是一天的时间而已，当然，若是让微博上的那些大V来卖，可能只是几分钟就卖光了。

但是，这种场面感染了自己，震撼了自己，从而使自己意识到了一点，无论进入什么领域，都要用网红的思路去做，自己成为别人的偶像了，什么都好说了。

每个人都意识到了网红的威力，其实很少有人亲身感受过，靠想象是无法脑补出那种画面的，你会有一种错觉，这世界疯了，猫给老鼠拜年了。

## 关于孩子

懂懂老师说，我们过多地干涉孩子，其实更多的是在扼杀他们的天赋，培养一个天才其实很容易，只要你不用自己僵化的、自以为是的头脑试图去教育他。然后，坐等着其他父母"毁了他的竞争对手"就可以。

因为，大部分父母都不会放过自己的孩子，会孜孜不倦地用自己僵化的信念体系、自己认为的"正确"去教育自己的孩子——也就是毁掉了孩子无限的可能性。

如果父母能对孩子这个独立的灵魂心怀敬畏，只是给予关注、回应和陪伴，而不去干涉他。去信任孩子内在的精神内核、内在的灵性，会引领他成长、发育、智慧。这样的孩子就会成为大众眼中的奇迹。

## 懂懂谈写作

第一，学识训练。

A.十大名著，每年阅读一本，阅读不是普通的阅读，而是深入思考、学习，包括里面的一些写作手法与人物故事，你能信手拿来就用。

B.历史，从夏朝到今天，按照10年进行划分，每年学习几个朝代。

C.每天背诵一首诗，每天学习一个成语。

D.每天摘抄一段句子。

第二，眼界训练。

A.规划20条国内长途跋涉的自驾线路，每半年去执行一条。

B.每年出国两次。

10年后，你对国内非常熟悉，你去过20个国家。

第三，人脉训练。

谈笑有鸿儒，往来无白丁，怎么才能结交到优秀的人脉？要么参加培训，要么喜欢上一门优雅的运动，例如高尔夫。

## 关于链接人脉模式

他说马云的湖畔大学这个模式很牛B，招生有门槛，教授有门槛，这里面有个前提，校长是马云。

他说要做个成长俱乐部的模式，其实就是类似湖畔大学的模式，不过门槛比较低，是循序渐进的，螺旋上升的，越来越高，未来超越湖畔大学都有可能，你必须要坚信这一点，否则就没意义了。

## 如何创立名利双收的成长俱乐部？

第一，只招 50 个人，你每周要拜访一位，写写见闻，你本身可以成为自媒体，又炒红了他们。

第二，每月，你找一位名师讲讲课，选择祖国大好河山的某处，每年 12 次，12 个不同的地点。

第三，门槛逐年上升。

对于会员而言，他们得到如下三点，足够了。

第一，每个月的学习机会，例如你请了李宗盛谈唱歌，你请了莫言谈文化，你请了马云谈企业管理。

第二，被面对面采访的机会。

第三，50 位同学，庞大的人脉关系网。

关于懂懂日记的收获实在太多太多，岂止是一篇文章能写得尽的，他眼光的前瞻性，他洞察力的敏锐……

最直接的感受是，每当累得不想更新文章时，就想想懂懂老师每天至少七八千字，已坚持写了 12 年，自己才写多少字，哪有理由偷懒找借口。

唯有写、写、写吧！

## 卖面条的夫妻年入20万

每个周末都要包饺子吃，去菜市场，习惯性地先买好五花肉馅，一把韭菜，就来到市场大门边的"重庆鲜面条"店，他们不单是卖饺子皮、馄饨皮，还有韭菜面、荷叶面、炒面，各种面条宽细不一。还顺带年糕、方便面等摆上一大排，怕被风吹干，影响口感，他们随时搭上白色老布，谁要就掀开布拿出。

老板娘一看就是做事利索能干之人，笑容随时挂在脸上，每次我去门口围上七八人，她能很快速地称好，还能记住先后顺序，和每个人分别招呼搭话，能周全到每个人，这很考验人的眼力和脑子。

我说忘记带零钱了，老板娘指了指悬挂着的纸牌子，上面分别有支付宝、微信付款的二维码，扫一扫就好啦，我说，这真是与时俱进啊！面条店都运用互联网＋了，真不错，紧跟时代潮流，她说现在小年轻都不爱带现金，全菜市场家家都有二维码呢！

我在浦东近两年，因常去这家面条店买饺子皮，也自然同她比较熟络，知道他们是达州人。

两口子年龄大约都在40岁，女主人生得很小巧，男主人憨厚敦实，他们穿着白色工作服，戴着帽子，脸、手臂浑身上下都糊着干面粉，一看就知道是做新鲜面条的，我笑着说："你们这职业都写在脸上了。"

"没办法，我们常年穿不上一件好衣服，就跟要饭的似的。"他们自嘲道。

聊天中得知，他们在这菜市场开店已有十年，我问老板娘生意如何，一天能卖多少包面粉，她说有20多包。

"这很多了啊！你们生意真不错。"老板在一旁接电话，忙着装大小份不同的面条，估计是送往各个面馆、餐馆、食堂的。

老板边搬货到电瓶车上，边说道："20多包若全是零售利润更好，批发出去多的话利润就会少很多收入，我家一大半都是批发价送出去的。"

"这是当然，我以前做生意时，隔壁也是你们老乡达州人卖面条，他们那时一天只卖7包面，据说一包面能净赚五六十元，主要靠销量。"

"你们这行的确很辛苦。"老板娘接道："是啊！每天早上两三点就起床，晚上到七八点关门休息，整天就像坐牢似的，开始几年做生意没赚到钱，还亏了，是近几年才有所好转稳定下来。"

鲜面条店如同其他餐饮店一样，他们所赚利润包含了人力成本和所售产品利润，当我提起一包面估计赚60元左右时，老板娘说，要看各个地方售价，看零售多还是批发多。

新鲜面条、饺子皮，上海现在的零售价格是3.5元一斤，面粉估计在2.2元一斤，他们主要赚取水分的钱。

至于面条水分，不同的面条水分不同，夏季和冬季吸水也不同，一斤面粉可以加二两多水，相对来说饺子皮、馄饨皮水分比较大，利润也高，但是会有下脚料，怎么处理这些下脚料也是一门学问，往往就要靠经验了。

所谓经验就是打面时的手感了，做的时间长了根本不需要称水重，靠手感就可以做出几乎一样的面条了。

全国各地农贸市场上卖新鲜面条的，90%都是四川人，极少数不是，那师傅大多也是四川的，可能店是转让来的，四川人做新鲜面条，主要是靠亲戚关系，一个带一个，形成了区域特色。

如同市场上卖海鲜的江西人多，卖菜的安徽人多，街上卖麻辣烫、冒菜也是四川人多。

"做新鲜面条这行主要靠跑量，卖个六七包面，除掉开销是没多少赚的，像他们两口子，一天有20多包面的销量，估计一年净赚不会少于20多万"我试探着问。男主自信地回答："一年不赚20万，那还做什么。"

"是啊！这么累，还操心，不是人人都能干得了的。没有节假日和周末，一年干到头，赚的钱都没时间去消费。"

几年前，他们在菜市场附近的小区买了套两居室的小房子，一个外地小生意人，在大上海能买得起房，已算是非常成功了。

他们儿女在上海外来民工子弟学校就读，是住宿学校，一月回来一次，大女儿明年打算转回老家读高中，是为以后参加高考。说起孩子，他们似乎觉得很内疚，做生意太忙，根本无暇顾及，俩娃学习成绩都不好，也不听话，或许让他们以后继续接手开面条店……

我们的身边有着太多这类人，他们来到大城市，努力谦卑，勤勤恳恳，苦苦挣扎，想拼尽全力改变自身命运、家庭命运，但总难以周全到所有。

好在他们在小生意人中收入已算不错，未来到底会如何？他们的子女会如何？能否实现阶层逆袭？

只要能成为有利于社会的人就好！

## 他如何从建筑工人到创业公司老板

朋友陈林是我在一家互联网公司工作时的同事，他是一位90后的湖北孝感男孩，敦实憨厚的模样，他刚进公司时，常到我们部门这边来玩，请教我们老员工一些问题，自然比较熟悉了解。

开始我以为他也是大学生，他说自己只读了高一，后同亲戚去工地干活，打混凝土、扎钢筋，每天风吹日晒，精疲力竭，干了两年多，积攒了点小钱，同他父母商量去武汉培训班学计算机，想去做有前途有发展的行业，想脱离干力气活的最底层。

陈林说他初、高中的同学除了考上一二本大学的，其他都直接高中毕业就去培训机构，就是那种专业学习网络优化、前端后端软件开发之类的，他是在2012年在武汉报名学习了一年多软件开发技术，毕业后来到上海做IT相关工作。

他说，第一年来上海就有六千元一个月的工资，此后，一边工作，一边不断精进技术，前年已达到二万左右月薪。众所周知，IT是很烧脑、极其耗费精力、体力的活，每天面对电脑敲代码，枯燥无味，加班更是家常便饭，很多人熬不了几年。

去年，陈林来到我们互联网公司做销售，他主要是想锻炼自己的交际沟通能力，接触市场，想为自己后期创业打基础。

在我们公司大概干了半年左右，他就辞职了，只是过年时，我们有时用微信进行简单问候祝福，平常也没有啥联系，上月听老同事说他在创业，在上海闵行区，做网络推广优化，我们决定抽空去看看。

周末，我和同事打算一起去参观下他的小工作室，以及他们的业务流程，学习了解点资源信息，陈林在微信上给我们发来地址，在闵行曹家塘路。

我们从八号线终点站沈家公路地铁站下，再转闵行10路公交车，近两小时才到达他们那里，真是好偏僻的地方。

那是一处新小区，电梯房，他们租下13楼的一套三室一厅，客厅里面放了五台电脑，有办公桌、打印机，有整沓的合同和发票，他母亲帮忙烧饭做家务，还有他堂弟和三个招聘来的员工，看起来倒真是有模有样。

我和同事夸他真有魄力、胆大，说创业就真创业。他一边忙着在电脑上回复客户的咨询信息，一边憨厚地笑笑，他母亲一边热情地给我们倒水一边说道："他哪有什么魄力？他就是糊涂胆大啊！他自己的积蓄加上家里投入的前后十几万呢！这两月淡季，哪看到啥钱啊！他要闹着创业只能由着他试试……"

才开始创业都这样，得不断投入，一时半会是看不到现钱的。

陈林同我们算起投入：五台电脑、打印机、拉网线，房租每月四千，代理蜘蛛池推广产品，代理费一月就六千，还有百度推广费用一月就五千（搜推广优化可排在百度首页），加上四个员工的工资、生活费、水电费，七七八八加起来真是不少。

麻雀虽小，五脏俱全，费用一样少不了，一月若没有六七万的营业收入，肯定是要亏本的。

在淘宝有他们的店铺，可以通过淘宝客服联系到，也可从百度搜索推广优化找到他们。

陈林他们主要是帮企业做关键词优化排名。比如上海某某装修公司，那他们就可以把这上海装修几个词做到百度首页，让客户搜寻这几个字就能跳转到他们公司官网，有相关联系号码，以便积累高质量可成交客户。

他们是通过把客户企业网站的新闻每天更新五篇，来提高活跃度，或者是增加外链接，促进搜索引擎抓取。通常他们一天要接几十家的业务，也多是些小企业，大企业肯定是花高价去做百度竞价。

现在的企业主都离不开互联网推广排名，不是做搜索引擎排名，就是做 SEO 优化，或者是配合着一起做。

陈林说，他一月除去各项开销，只能净赚三万多，与投入不成比例，说起他一起在武汉学 IT 的同学们，有几个在上海的银行上班，不用操这么多心，背负这么大压力，也能拿这么多工资。

其实，年纪轻轻，已是创业小老板，不赔钱就已经是在赚，而且这发展空间总比打工好，就算不好，人生苦短，趁年少努力过、尝试过也无憾。

每个人都有创业的梦，晚干不如早干，看看自己是否有创业属性。

陈林堂弟也和我们一起聊起来，他说现在百度又可做医疗推广，每点击一下百度就会赚取一百元，不管是有效还是无效点击。同事说，那一天下来同行点击，老百姓咨询医院点击，那医院一天仅这项估计上万的开销。这钱最后还不都转嫁到消费者身上，羊毛出在羊身上。一听医院花这么大代价做搜索引擎排名，真让人不可思议。

他们又说起现在的快手短视频很火，每个点击量至少都是数万次。

还有陌陌创始人唐岩从街头混混到成为数十亿富豪的故事。出生于

1979年的唐岩，当年只是一个湖南穷屌丝，在一些论坛发表青春小说，个人签名是"谁不崇拜我，我就打死谁"，后被网易的人欣赏，挖到网易做编辑，从此一路高歌，开启了他的外挂人生。随着他创立的陌陌在美国纳斯达克的成功上市，金钱、财富、名望、权力，一个男人所梦想的一切，他都一一实现，这是个振奋人心的励志故事。

还聊到今日头条的张一鸣，在如何不被人看好的情况下，如今做到6亿的用户量，百度赶紧推出百家号来打压……

这些我都是第一次听说，心想，对于一个在创业之初的小男孩，很需要用这些屌丝逆袭的案例来激励鞭策自己，他会觉得那可能是未来的自己。

陈林说，他下一步也会着手做短视频和接网站业务做，让我们有客户或老乡帮忙介绍。

他对未来似乎充满了信心。

这次拜访，接触了一些新的思维认知，也了解到初创公司的种种不易。

人世艰难，我们都是在成长，期待老同事未来会更好！

## 特殊的工作体验

十几年前，我曾在福建晋江某个小镇服装厂工作，所在的那家厂1992年开始成立，在那个村庄算是有规模的，织布、拉链、服装一条龙，工厂前后面积达三四百亩地，业务繁忙。做不完的服装，会外发到小加工厂去做，在最巅峰时期有24家加工厂。

最有意思的是，福建仓山一家大型监狱里的劳改犯都做我们厂的衣服，据说那里有近千名劳改犯，一月得做数万件衣服呢！

每次货车拉回来监狱加工出来的衣服，总会有领导拿出几件到各车间。"你们看，你们看，这劳改犯们做的衣服，比你们做得好吧！看这做工多精细、认真，针距又密，比你们做得平整多了。"

那时年龄小，对劳改犯也跟我们一样做衣服感到很意外。有老同事说，这有啥稀奇的，劳改犯们都干活啊！如做衣服、箱包、手套、玩具等，监狱和工厂是合作共赢的关系。

2004年三月份，厂领导（一位四川的女总监）让人喊我和好友小王去办公室，说我们都是老员工，相信我们的能力，给我们锻炼的机会，要培养我们之类的话语。慢慢听明白了，原来是让我们去仓山监狱做检验员，周期估计在一个月。

我们听后，感觉很好奇，想看看那边到底是啥样的，同时也很担忧安全问题。一旁喊我们的老乡说："那里犯人都是受监控的，你们接触的都是里面的干部，咱们厂跟单员一直都在那，怕什么？"

"还会安排一个年长的大姐，你们准备下，明天同老板堂弟的车一道过去。"听罢，觉得还不错，主要还是年少无知无畏。

记得那天，我和小王激动地提包上车，好似出去旅游观光似的，一旁的湖北大姐倒是很平和，汽车一路行驶在国道上，我迷迷糊糊睡着了。

几小时后，被颠簸得本能地睁开眼，已到福建山区地带，因晕车感觉胃里翻腾，难受至极，窗外道路蜿蜒曲折，群山叠嶂，茫茫然，不知何时能到目的地。

那一刻，顿觉没了兴致，心生悲凉，有点后悔自己为何答应来这边工作。

监狱怎么会在市区呢？怎么会有繁花似锦？肯定是在偏远的角落，唉，我咋就早没想到这一层？这趟是来找罪受了。

也不知过了多久，总算到了所在地，是四面环山的一大处院子，里面有好些排平房，占地面积约有数千平方米，每隔一段距离，就有负责看守的武警战士在站岗。

监狱里的一位教导员接待我们。安排好我们住宿、吃饭等事项时，已是傍晚，教导员让我们先休息。

第二天一早，我们在接待室找到工厂派驻的负责人，他带我们去工作的车间，记得那监区大约有100多名犯人（其他屋子没去过），个个剃着光头，穿着蓝色夹白的囚衣，每个人都埋头在那踩平车做衣，一脸的平和温顺，不会做的也有师傅耐心在教，看上去一片祥和。

感觉监狱跟工厂没啥区别，犯人们每天也要工作十小时以上。

想起之前曾有同事打招呼，女生来监狱不管是做检验员还是跟单，千万不能穿裙子，否则有犯人拿镜子放地上，听着怪瘆人。

那时的我常年是牛仔裤长袖，倒不用在意这点，只记得别跟犯人们说与工作无关的话。

当真到了现场，发现没有他们传说的恐怖，犯人们在里面生活是没有半点隐私的，到处都是监控，而且晚上睡觉也有人值班，最关键的一点，他们采取了死党制，有点类似银行贷款里的几人担保，所以你不再是你，而是团队里的一员，吃饭、睡觉都在一起，人人都是监督者，人人又是被监督者。

他们完全是程序化了的机器人。

罪犯为什么这么温顺？因为，他们人人都想出去，都在渴望自由。这使我想起了一句话，是一位企业家讲的，"给予下属最好的待遇是足够的自由，自由才是最宝贵的"，否则为什么要剥夺罪犯的自由权？

我们三人在安排好的桌台上检验衣服，哪里有跳针、跑线的，裤头脚口上扭的，有色差的，不合格的贴上黄胶带纸，堆在那，有组长过来拿回去返工，除了交接工作的教导员，我们压根不敢朝任何犯人看，上厕所，都是由教导员、干警们陪同到门口，以保障我们的人身安全。

女干警整理档案、检查卫生时，也同样有两名男干警随同保护。

据说监狱外面那高墙电网，每几十米就配一个看守的武警战士，他们都配有真枪实弹。

监狱让犯人们干活，一方面是让他们有事可做，在里面不要太无聊，否则容易闹腾。另一方面是让他们学些技能，出去能找个工作糊口。坐过牢的人找工作很难。没有技能，出去没钱花还得偷抢。尤其是家里没啥人帮扶的罪犯。此外，让犯人们干活，也将大大减轻国家的财政负担。

犯人们每周有一个晚上学习思想改造课程，统一观看监狱电视台教育课，如国学经典、法律讲堂等，也有些杂志、报纸供他们阅读。

白天和其他时间都是以干活为主，会有少量的补贴，设置有劳动奖、竞赛奖等，积极劳动者的零用钱是足够的。没有劳动能力者，会有点困难犯补助。

到吃饭时，犯人们排着整齐的队后往食堂走，听话得如同小学生，他们是吃大锅饭菜，菜只有一个品种，每周有两顿荤菜。

我们同教导员、干警们在另一处吃饭，有三菜一汤，吃完饭休息半小时后继续干活。

本厂的跟单员老乡有时同我们说说话，平常在厂里和我们不在一层楼，他不是在加工厂就是在监狱跟单，聊天并不多，大家因工作来到这偏远的监狱，倒变得亲切起来，他每隔一周跟车送衣服回本厂。

有次，听跟单员他们聊天，说哪个犯人身上有命案，哪个曾经是抢劫犯，哪个曾把人脚筋挑断致残，听得人毛骨悚然。再看看这些在忙碌做衣服的犯人们，实在不敢想象他们身上到底有多少故事，也无法把现在的他们和过去的他们联系在一起……

有次新来一位70多岁的大爷，据说是因偷别人的牛，被抓来关一周，临走时，他撂下话说，他家里没人，就喜欢在监狱待，过几天他还要回来，真让人哭笑不得。

没过几天，这位大爷还真又回来了，又去偷了牛，还真说到做到啊！他还笑嘻嘻的，开心得很，似乎是计划得逞的喜悦。

这是叫"子非鱼，焉知鱼之乐吗"？

如此几天后，听到了很多千奇百怪的事，有的记忆已经淡薄，恨那时没有写日记把它们记录下来。

我们每天机械地检验服装，没有其他任何娱乐，最觉得麻烦的就是每天上洗手间要喊好几次干警们陪同保护，自己都觉得太烦人，如同我们几个也被软禁了似的。

越加想回本厂。那时我二妹也在厂里，还有我小叔、小婶，许许多多的家门口人，饭可以自己做，下班想去哪就去哪，厂门口有大型超市，门口有唱歌、打桌球的，还有卖馄饨、麻辣烫的……

每到傍晚，怀念着厂里的一切，原来一切曾经是那么美好，原来自由是那么可贵。

湖北大姐始终很平静，随遇而安的样子，她觉得我们都像孩子性格，爱新鲜又浮躁，她安慰我们别着急，肯定要把这批货全部检验完，咱们才可以回厂。

我又找跟单员说，想早点回去，能否下次跟他们送货车回去，他说做不了主，得回去问厂里的安排。

失望沮丧笼罩着我们，每天在数着日子过。有天，听说本厂老板要来和监狱领导谈合作事宜。

我们似乎看到了回去的希望，虽然平常背后喜欢骂他是资本家，太剥削人，一条沙滩裤那么多口袋、那么多工序，才一块多钱一件，抠到了家，自己厂房盖了一排又一排，资产上亿。

那天看到老板真出现在我们面前时，就如同看到了邻家大叔般激动，向他说明我们在这里实在是不方便，回厂时就把我们捎上，让厂里安排男同事过来。

可老板说，生产的事都由何总安排，他不便插手，答应回去后会商议尽快把我们调回去（何总就是四川那女总监，她是工厂成立之初的几个员工之一，一直见证了工厂发展到数百人，是厂里的灵魂人物）。

我和小王只好又回到座位，继续木然地检验衣服，盼着早点能有人接我们回去。

某一天，跟单员老乡送货折回监狱，带来了好多吃的，有红薯干、花生、橘子，还有一封信，全是我们宿舍人的一片赤诚心意。她们在信中表达问候牵挂，那一刻，我们感动得泪眼婆娑。

跟单员还带来了更激动人心的好消息，这批服装因着急要发货，已分给其他加工厂在帮忙赶货，我们只需等这些犯人手上的衣服搞完，几天就可以回厂了。

　　总算熬到了回去的那一天，当我们走出高墙大院时，长长地舒了口气，犹如被关在笼子里的鸟，得到了自由翱翔的机会。

　　算一算我们共待了23天，这也是人生里难忘的一次工作经历。

　　未来那些犯人到底会如何呢？听话的减刑提前出去？还是如那位大爷，觉得监狱比家里好，抑或是终生就待在那里……

　　可以说是命，也可以说不是命，每个人的路都是自己选的。

　　不知道现在的监狱是什么样子，国家肯定会更加地重视犯人们的思想教育。

## 从砍柴工到搞工程的小舅

我的小舅只比我大9岁,70后,与我大表姐同岁,那个年代类似这样的情况很多的,娘和女儿一起坐月子,谁也没空照顾谁。

外婆共生育9个孩子,长大成人的有7个,小舅是最小的一个,但却并没有得到更多的家庭照顾,反而他承担得更多,到现在我都不懂那个年代是怎么分家的,老小还吃亏更多。

小舅十几岁时,大舅、三舅他们都早已成家分出去了,80年代的农村生活条件普遍艰苦,尤其是我外婆所在的大山区,年迈体弱的外公外婆同小舅一起过,住在山坳里三间空心砖搭建的房子里,年长的舅舅、姨们各自家里日子都忙不过来,也无暇顾及太多。

那年,外公因病去世,13岁的小舅读完小学,就退学了,开始了打临工独自谋生的日子。在没更多的人脉资源下,小舅也只能和村子里的人一起上山去砍柴,挑到山外卖。靠山吃山,在当时也只能这样,剩余劳动力不是砍柴就是烧炭卖。

就这样,年少瘦小的小舅开始了苦力谋生,干着大人们干的活,每天从天麻麻亮忙碌到傍晚才到家，往返穿梭于三十多里的山间小道。

隔三岔五不忘买点山外的新鲜零食给外婆品尝，外婆看到年纪小小的舅舅肩膀被压得红肿，又担心他以后个子长不高，心疼得时常偷偷掉眼泪。（小舅身高现在就 1.65 米，估计真是被扁担压的。）

就这样过了一年多，也认识了几个关系比较好、很有想法的朋友。他们聊起外面的世界，聊起各种生意，心潮澎湃，觉得靠卖柴火实在是太低端，不是长久之计，他们打算一起批发服装来卖。

90 年代初，做小生意的远没有现在多，小舅和朋友们就是批发服装、帽子，拖着大包上门买卖，但因小舅年纪太小，又缺少算计，所以赚的钱比其他人少很多。

但相比于砍柴卖柴，这已经有了质的飞跃，至少打开了眼界，接触到很多信息资源。后来，小舅还带上我小姨一起卖过衣服。

随后，小舅觉得背着包上门卖衣服，风里来雨里去，发展还是受限，也可能是年轻，心思无限大，觉得自己能把世界踩在脚下。

小舅又决定去承包一处百亩山头的茶园，交订金签合同，小舅让小姨、大姨帮他找几十个女工去采茶，按斤数来称，那时候在农村请人做工非常容易。

也就在那一年，小舅认识了在茶场采茶的小舅妈，现在小舅还常吹牛，他当年承包茶园时，一群姑娘为他献殷勤，每次换下的衣服都不知被谁洗得好好的，那是他的得意时光。

舅妈比小舅小五岁，生得娇小玲珑，人很精灵，她当时也是小舅的膜拜者，小舅走到哪跟到哪，慢慢他们就走到了一起。

正当小舅意气风发，爱情事业双丰收时，谁知请来的三位女工闲暇时，去摘别人家田里的黄瓜吃，不幸农药中毒，两个抢救过来，一个身亡，年轻的小舅哪见过这阵势，吓坏了。

他是老板，人都是他招来的，自然脱不了干系，之前卖衣服的积蓄，承包茶园的所得，全赔进去还不够，还欠了很多钱，这件事情对他打击很大。

屋漏偏逢连夜雨，外婆在那一年因心脏衰竭去世，小舅跪在灵堂，连给外婆的安葬费都拿不出来，是小姨借来八百元，才把外婆的丧事办好了。

当时还是花季少女的小舅妈，不管小舅怎样落魄，她都一直陪在他身边，她家没有兄弟，唯一的姐姐已出嫁，外婆走后，小舅就在她家住，舅妈只有爸爸，是个耳聋的老实人，靠收板栗茶叶维持生计，住的还是木结构房，条件也不好。

那年，因小舅在外欠钱太多，腊月年关，天天都有债务人找小舅要钱，小舅躲着不敢出来，舅妈的爸爸把家里的两头大肥猪卖了，帮小舅还了债，那是小舅妈家最大的家产。

当时他们都还没订婚，那些人看到一个花甲老人家如此仁至义尽，也不好再继续纠缠，各人拿了一点钱回去，小舅总算顺利过个太平年。

此后，小舅和舅妈一起去了浙江温州，他想的是去发达地方寻找更多的机会。

可他们都只有小学学历，也无法找到光鲜体面的工作，只好和本镇老乡一起在工地上挖土方，就是建房前的地基，那是十分辛苦的活儿，按平方米计算收入，每天黄汗淌黑汗流，只为攒钱还债。

第一年去温州，他们过年都没回老家，想省点来回开销，再帮忙看工地，为多赚份收入，只是天不遂人愿，工地电缆线被偷，小舅又赔了不少钱进去，半年工白干。

在那些艰辛不顺的时光里，好在还有舅妈不离不弃。

小舅在工地上挖了一两年的土方后，当上小组长，管理十几个人，自己慢慢不用再干重活儿，领导指挥工人干活儿就行。不久，他还把我两个表哥也都带去温州发展。

小舅当了两年组长后，已还清了老家所欠的全部债务，开始自己学承包工地，带了三四十个工人。小舅妈则在工地帮工人做饭记账。

2004年时，小舅接了浙江丽水的几栋别墅框架工程，那一年净赚了八万元，买了辆面包车开回老家，和舅妈热闹地办理了婚礼。

小舅终于扬眉吐气！大姨、小姨、大舅们都为他高兴，遗憾的是最疼小舅的外婆没看到这一天。

这些年，小舅一直在温州打拼，跟着一家大型建筑公司接活干，小舅为人真诚良善，哪怕是自己没及时接到工程款，他都想尽办法垫资给工人先发部分工资，他后面的工人都已跟随他多年，主要是安徽老家人和四川人。

小舅有次同我说，他遗憾自己文化水平太低，图纸看得很吃力，不敢肆意扩大规模，其实接工程外框架，没有室内装修利润高，他赚的都是辛苦操心钱，内心压力很大，常常失眠，尤其担心工人安全情况。

上天厚待坚韧努力的人，温州这块神奇的土地给了小舅想要的一切，跟着他去温州打工的俩表哥在那边发展得都不错。

如今小舅虽然算不上大富大贵，但是2009年在舒城老家盖了栋小洋楼，花费55万元，去年又在合肥中心地段买了套大房子，车子也由第一部面包车换到第三部别克君威。

两个小表弟，一个11岁，一个8岁，懂事可爱，学习优秀，舅妈现在全职带娃，岁月静好。

小舅是非常顾家恋家的人，尤其重视俩表弟的教育，常有人夸小舅妈命好，舅妈总笑着说，那些年讨债的跟身后一堆，大家都说我舅舅是个泡货（指不踏实的意思），是众人嘲笑的对象，现在稍微好点，都是慢慢走过来的，她自始至终相信能把日子过好。

在我心里，小舅已经非常了不起，从小学毕业后就靠自己一人谋生，从砍柴到卖衣服、包茶园，再到打苦工，又逆袭成包工头，一路风风雨雨，历经坎坷。

不经历风雨，怎能见彩虹，没有人能随随便便地成功。

## 开油漆店的朋友

小凤是我当年在福建服装厂工作时相识的,那时,一起做衣服的老乡有20多个女孩,小凤是为数不多的一直同我联系至今,且从未间断的朋友之一。

算起来,相识至今已有16个年头。

小凤婚后没有再继续做服装,同她老公一起去了沈阳,她老公一直在沈阳辽中那边做油漆工。

她结婚没多久,就开始怀孕生小孩,没有正式上班。后来她老公逐渐包起活干,比如包下一套三居室或一栋楼的油漆活,自己再请人一起干,从中赚取差价。他们的生活由此慢慢有点小起色。

2009年,有一家浙江人开的大宝油漆专卖店转让,他们商议接了下来,上下两层房子,连店里剩下的货物一起,共花费8万元。

他们可以住在店铺楼上,选择开店也是为带孩子方便,另外她老公做活可以包工带销自家油漆。

大宝油漆在国内算是知名品牌,主要有涂料、油漆,还有调色漆。调色漆有高低端不同价格,通常在280元到1480元不等;油漆在420元到 680 元之间。儿童油漆环保性能高，价格自然偏高。

经营代理品牌店有个好处，就是有区域保护政策，东北区域总代理在沈阳，下面各县市只有一家店，避免造成恶性竞争。保证每家代理商的利益，就是保护自己品牌利益。

他们所有油漆、货物由沈阳总代理直接输送，只要提前预订好品种数量。

小凤那些年就每天在家看店带孩子。孩子上幼儿园后，她还可以在电脑上斗斗地主，生活稳定安逸。

她常和我感叹，当年在福建做服装的日子真把人过怕了，除了六小时睡眠，其他时间都是在干活，没有任何假期，我们都经历过每天工作到凌晨两点的时候。

而如今，朋友们都很羡慕她的生活，每天可以睡到自然醒，收入也不比做服装少，她老公包点小活，虽说发不了大财，但总比做点工要强。

她店里的油漆涂料，利润通常是在 25% 左右，只要转手卖下，这利润算起来还可以。

刚开始的几年，小凤家每年有 28 万元左右的销售额，加上她老公的收入，他们小日子还是很优哉游哉的。

只是这几年越来越不好做，市场上太多的新兴品牌涌出，尤其是新出的晨阳牌水漆，为抢占市场，价格低得不能再低，而且就开在她家斜对面。

大宝品牌公司只能控制自家的品牌，一个县（区）一家，无法阻止其他同行油漆店不断在开啊！

造成油漆销售额大幅度下滑的不仅是同行的价格战，还有市场上出现的免漆家具，壁橱、书桌、门都不再用油漆，制作好就能直接使用，省时省力。

一套新房装修，最多只花四千元的涂料，而有的住户选择用壁纸和硅藻泥，不用涂料，因此，只靠卖涂料，生意愈加艰难。

欠账的人更是越来越多，有的人欠账一年甚至时间更长，销售额已从第一年的28万下降到10万，除去开销已经没有利润。

免漆产品的大肆普及替代了油漆产品，这是根本原因，现在油漆工似乎也越来越少了。

她告诉我店铺不想开了，耗费一个人工还不赚钱，她老公做油漆工赚的钱也都压在店铺进的油漆款里了。

高端油漆、涂料不好卖，现在都是包工包料多，大家要核算成本，包工包料的都选择最低端的油漆涂料，越便宜越好，有时候她一桶油漆只能挣二三十元。

有的包工头把名牌油漆桶用完留着，下次装市场上最便宜的油漆涂料，知道房东来时，做做样子，房东只会看桶外品牌名字。

我问，那你的销售额下降这么多，整个大宝品牌肯定也会有影响。

大宝油漆现在主要和家具厂商合作，许多高档品牌家具都是用大宝油漆，当然整体销售额肯定也会有影响。

她计划把店转让出去后，帮她老公打下手做油工，俩人一起出去干活，倒还安稳单纯点，请别人帮忙至少要180元一天工资。

同她聊完后，想起我们的一些共同点，都曾在服装厂工作过几年，又因为厌恶在工厂打工的过度劳累闭塞，做梦都想出来做生意。

我们婚后，都如愿尝试开店创业，但却并没能在生意上有多大突破，梦想就只是在梦中才更美好，兜兜转转，不得已还是选择去上班。

这几年，各地房租成本逐年增长，生意小的一年到头都是在给房东打工，甚至有的还不够。

行业之间竞争都异常激烈，当下的社会，哪有便宜的钱挣？哪有独份的生意做？

小财要勤，大财要命，或许我们都只能安安稳稳、勤勤恳恳地赚点小钱，做不了鸡头，只能当凤尾。

年岁渐长，不再有孤注一掷、破釜沉舟的勇气。也终于明白，平凡才是唯一的答案。

## 开花蛤店的温州人

每天中午去吃饭的那条街，新开了家花蛤店，主要是各种大小花蛤之类，很是新奇。

看着门口的大广告牌介绍，说花蛤如何鲜美，高蛋白、低脂肪，对人体是如何有益，看得我就不由自主地走进店内。

花蛤可加米线，加鱼丸，加牛肉丸。两口子在经营，店面约15平方米，桌椅都选的是那种小而精致类型的，比较节省空间，听女主人招呼我的口音，我猜测他们不是福建人就是温州人。

那天晚上刚好顾客不多。女主人约30多岁，她娴熟地捞着花蛤放在锡纸里，一边问我是不是在沿海待过，我如实回答，在福建和温州都待过。

她说自己是温州瓯海人，看着她把花蛤用锡纸包好放在电磁炉上，觉得这方式看起来蛮新鲜的，或许是我之前没有注意过这类店的原因。

问他们生意如何，她说才开几天，这巴掌大的地，房租是每月五千多，转让费花了10万，惊得我张大嘴巴。这类店属细分专业，竞争应该小点。

我说，温州人就是聪明，有"中国的犹太人"之称，据说在非洲一些国家，温州的知名度比北京要高得多。

男店主黑瘦精明的模样，听到我俩的聊天，也主动加入我们的行列中。他说温州人最不怕的就是吃苦，很早就有"宁可睡地板，也要当老板"的古训。

温州人是不甘心给别人打工的，哪怕是摆个地摊，开个小店，吃再多苦，遭再多罪，风里来雨里去，他们都情愿自己当老板，宁可做鸡头也不愿做凤尾，这来源于他们骨子里的创业基因。

我曾在温州待过三年（茶山镇和鹿城区），那里有很多服装厂、鞋厂、打火机厂。还有剃须刀、发夹、圆珠笔厂等。像美特斯邦威、森马等许多服装知名品牌都在温州。

中国四大知名皮鞋中，奥康、康奈这两大品牌都是在温州诞生成长并走向世界的，也是中国人的骄傲。

我2007年在茶山大学城边一家女装厂做流水工（负责上袖口），那个名叫"雪歌"的女装，当时已在世界100多个国家有自己的专卖店，而老板只是个30岁左右的娇小美丽女子。

听说她17岁学做服装和设计，后又自己注册商标，不断宣传推广，做成自己的品牌。她出嫁时，厂房机器都没要，留给她弟弟，只带走商标两个字，却依然能在几年内快速发展壮大，温州的很多中心路口都有她的服装广告。她本人也成了一个传奇神话，多家电台媒体报道过。

像这样起点很低的创业成功者，在温州还有很多很多。2008年我家早餐店对面是家"大虎"打火机厂，员工近千人，产品出口世界各地，最了不起的是，他们的打火机在墨西哥高原缺氧地区打出火，而其他打火机却都无法实现，因此他们能在金融危机中安然无恙。

他们那一代创业者的文化水平并不高，凭借沿海地理优势，加上创业的氛围浓厚，肯吃苦钻研，绝大多数温州人都取得了不俗的成绩，为国家的经济发展、带动就业发挥了不可估量的作用。

那时候，我们安徽老乡一起聚会时常说，温州各个企业里面的中高层管理者大多都是安徽人，当时我的表哥和其他亲戚的确都是在厂里管理层。

但又有老人说，温州在五六十年代还不如安徽条件好呢！既是山区又是盐碱地，还没有什么特产。温州人那时候背着大包去我们安徽经营打被絮、补锅等小生意。改革开放后，温州迅速发展崛起，我们都到他们这打工谋生，这叫30年河东30年河西啊！

吃着鲜美可口的花蛤，想起往昔的时光。尽管实体经济竞争越来越激烈，一些传统企业经营每况愈下，但我相信，上面提到的温州企业，一定会排除万难，立于不败之地。

温州人曾创造了奇迹和神话，未来，他们仍将创造各种传奇，为国家GDP的增长做出不可估量的贡献。

不管是摆地摊、开小店还是做企业的温州人，他们身上敢于拼搏、吃苦耐劳的精神，永远值得我们学习，向他们致敬！

## 爱读书让她成为武汉电缆销售大王

感谢文字，感恩写作，让我认识了很多优秀的朋友。这些朋友个个都有故事，人人都是传奇。

2018年6月8日，天南地北的文友，从四面八方赶来，相聚合肥。

这天下午，我见到了齐齐交流群里的老朋友风想留步，她也是我们齐悦梦想社群的成员。

风想留步来自湖北武汉，我们已在网络认识一年多，她去年已当奶奶。

今天，当她像风一样飘到我的面前时，她年轻的容颜，瞬间闪亮了我的眼睛。

《销售电缆，我赚到人生第一个100万》，这是风想留步根据自己的亲身经历写的一篇文章。

传奇的销售故事，励志的奋斗人生，吸引了很多人的关注。我当然也不例外，从此对她印象特别深刻。

销售电缆，三年赚到100万。风想留步是如何做到的呢？我对她一直都很好奇。今日相见，终于有机会面对面采访她了。

风想留步经过多年的努力，目前在武汉已拥有四套房，其中有一套是五层楼的私房，仅收房租，就超过很多人一年的收入。

拥有城市的繁华后，风想留步又向往乡村的宁静。她的老家在湖北红安县，每逢过年过节，她都会回老家，那里有她童年的记忆，还有她年迈的爹娘。

风想留步和我一样，都是来自农村的孩子，从小生活条件比较艰苦。

她没有任何依靠，白手起家，她今天所拥有的一切，完完全全地靠自己打拼而来。

她家兄弟姐妹多，她从小就爱看书，奈何家贫，无钱买书。

小时候她常常去书店蹭书看，拿出一本喜欢的书，争分夺秒地看。

碍于店员的眼光，她总是匆匆翻几页，急急看两眼，然后恋恋不舍地离开。

高二时，家中弟弟妹妹都在上学，父母无力负担孩子的学费。

风想留步主动选择了辍学，尽管她学习成绩优异。

这么多兄弟姐妹，父母一个个养大不容易，她理解父母的难处，明白父母的艰辛。

于是，17岁那一年，花一样的年华，风想留步离开了心爱的校园，离开了熟悉的家，开始了她的打工生涯。

她曾在酒店端过盘子，她曾在商场卖过衣服，她甚至还在市场卖过菜。

因为出众的容貌，她，站在脏乱的菜摊前，格外引人注目。

有人来到她的菜摊，随手拿起一把菜，丢个10元20元，等她弯腰找钱，买菜人已经走远。

你年纪这么小，长得又好看，做点什么不好，为什么要来卖菜呀？别人都这么说，听得多了，她就想改变自己。

可她中途辍学，无学历，无文凭，也没有一技之长，想找个自己喜欢的工作，谈何容易？

风想留步不甘于现状，她不再卖菜，花钱报了一个电脑培训班，学打字，学排版，学办公室软件。

那时的她想法很简单，就是想做一名普普通通的文员，找一份和文字相关的工作。

电脑培训期满，她鼓起勇气走进人才交流市场，应聘一家又一家公司，都是失望而归。

没有经验，电脑操作又不太熟练，这是应聘文员最大的硬伤。

找个文员的工作竟这么难，风想留步这时才知道自己是多么天真。

那天，她去一家加油站工程公司应聘文员，还是一样的结果。

我们公司正在招销售人员，要不你来试试？负责招聘的主管忽然对她说。

销售什么？如何销售？风想留步一概不知。她只知道，现在的她必须找到一份工作，否则连吃饭都没有钱。

误打误撞，稀里糊涂，风想留步就这样走上了销售之路。

在加油站工程公司工作了一个月时间，风想留步就被老板炒了鱿鱼，理由是她不爱说话，不擅于和客户沟通，不是做销售的料。

风想留步虽然有点留恋，但并不沮丧，她发现市场上应聘文员很难，找一个销售工作却很容易。

通过一个月的销售经历，她亲眼看到老业务员每个月能拿成千上万的提成。她发现，销售虽然很辛苦，但这条路有改变命运的机会。

在生活的困顿中，风想留步依稀看到一束希望的光。

当她再去人才交流市场时，很顺利就找到了一家油漆涂料公司的销售岗位。

她买了很多销售方面的书籍，从哪里跌倒，她就要从哪里爬起来。

在油漆涂料公司工作，她不怕苦不怕累，努力改变自己，短短三个月的时间，风想留步的销售业绩就到排名第一。

干销售工作都是靠业绩说话，老板特别器重她，准备升她为门市部经理。

但风想留步并不满足于这个工作，她觉得自己的付出和收入不成正比。

辛辛苦苦销售10万，提成2%，仅拿2000元提成，这要跑多少个工地，卖多少桶油漆涂料啊？

三个月后，风想留步毅然炒了老板的鱿鱼，很快应聘到一家电缆公司。

销售电缆，提成高，而且用量大。只是跟单期比较长，从工程打地基就要开始跑，有时是半年，甚至一年多的时间才能成功签订一笔业务。

电缆公司带她的师傅姓王，他当时正在跟一个大单，却屡屡被拒，备受打击，最后决定彻底放弃。

风想留步觉得这个项目很大，而且跟了这么长时间，就这么放弃太可惜。

"江总，这个项目王经理不跑，我跑。"她站在领导面前毛遂自荐，脸上出现了坚定的目光。

"小吴，好样的！不管结果如何，公司全力以赴支持你。"江总显然被她的勇气打动，看她的眼神，仿佛发现了一颗闪亮的星星。

离开师傅的指引，风想留步开始一个人孤军独战。当她再次来到工地时，尽管心里没底，不知下一步该如何走。但她深知，以前经常联系的项目陈经理，已明确拒绝了他们，再找他已经不起任何作用。她必须想办法，重新找到一个突破口。

突破口在哪里？她找到工地的一位水电工程师，侧面打听到了一个重要的消息。

这位水电工程师，建议她去找陈经理的顶头上司杨总，他才有最终拍板权。

做销售最关键的是要找对人。风想留步赶紧跑到杨总办公的地方,但杨总身居高位,并不是想见就能见到的。

连着三天,风想留步去了三次,都被前台美女拦下。每次都问她预约了没有?

风想留步根本就不认识杨总,又没有他的电话,怎么预约?

想见杨总,必须先过前台美女这一关。风想留步思来想去,跑到商场买了一支80元的美宝莲口红。

这么好的口红,她自己平时是舍不得用的。

女人都爱美,一支口红,果然产生了神奇的效应。

前台美女不知是如何向杨总汇报的,反正风想留步终于走进了杨总的办公室。

来拜访之前,风想留步就打听到杨总的兴趣爱好,知道杨总以前是武汉某知名报纸的总编,爱好读书和写作。

第一次拜访这么大的领导,说不紧张,那是假的。风想留步站在杨总面前,简单做了自我介绍。

杨总并不看她,只是看了一眼她的名片,礼貌性地翻了翻她公司的产品资料,眼看就要打发她走。

杨总,你办公室好多书啊!我也爱看书,还在《楚天都市报》和《武汉晨报》上发表过文章呢!

风想留步一边说,一边将刊登有她文章的报纸,毕恭毕敬递到杨总面前。

这些报纸,都是她昨晚翻箱倒柜找出来的,以前保存只是想留个纪念,没想到现在竟然派上了用场。

是吗?杨总戴上眼镜,很认真地看起了她写的文章。

写得还不错嘛!杨总一边看一边称赞,脸上的表情慢慢舒展,冷峻的嘴角忽然上扬。

你叫什么名字？你现在还写文章吗？你今天找我有什么事？

杨总放下报纸，重新拿起她的名片，仔细看了一下。哦，你叫吴瑕。

风想留步赶紧抓住机会，说明她的来意，并将她跑这个项目的情况，一五一十，告诉了杨总。杨总是一个爱才之人，看了风想留步的作品，非常高兴，他没想到，一个电缆推销员能写出这么好的文章。

"小陈，咱们那个项目，电缆定了么？我这边有个厂家，明天你接待下。"杨总当着风想留步的面，给陈经理打了个电话。

风想留步站在那里，非常激动，仿佛看到一扇希望之门，正在缓缓向她打开。

第二天，风想留步再去拜见那个陈经理时，他的态度转了180度弯，像完全变了一个人似的。

风想留步发现，杨总的一个电话，比她跑一百次还管用。

不久杨总亲自带着陈经理他们，来到她所在的公司考察，对她公司的厂房设备、生产规模非常满意。

这个订单，120万，就这样被风想留步成功拿下，一时轰动了整个公司。

风想留步拿到了10万元提成，她跑到商场给自己买了一支美宝莲口红，买了一套早就看中舍不得买的衣服，买了一个包包。

有钱的感觉真好，她要好好奖励自己。

风想留步自从2003年签了这一大单，信心倍增。之后，她每天奔波在钢筋水泥之间，拜访一个又一个客户。

她的命运从此改变，她的销售业绩就像芝麻开花，节节高，成功拿下了几个百万订单。她的人生，因为她的努力和坚持，开了挂。

销售有苦也有乐，在销售的过程中，风想留步既有成功的喜悦，也有心酸的泪水。

随着销售工作的开展，风想留步的销售经验越来越足，销售技巧也越来越强。

  做事先做人。风想留步认为,无论做什么事,要么不做,要做就做好。所以她深受客户的信赖。

  很多业务员做销售都是一锤子买卖,而风想留步不一样,她的客户大多数都是长期客户。

  不知不觉,风想留步专业从事电缆销售,至今已有 15 年。

  她从当初什么都不懂的销售小白,成长为一名电缆销售精英。

  她早已在武汉安家落户,过上她想要的生活。现在的她,因为老客户的大力支持,业绩比较稳定,工作相对以前也轻松了很多。

  一个能把销售做到极致的人,勤奋能吃苦是标配,其次要有很高的情商和坚持,也离不开好的平台做后盾。

  风想留步说她很幸运,当机遇降临到她面前时,她都及时抓住了。机遇其实是留给有准备的人啊!

  人生没有谁会随随便便成功,需要机遇,需要努力,更需要贵人的鼎力相助。

  她时时刻刻,心怀感恩,感谢人生中每一位帮助她的人。

  风想留步热爱销售,曾经深爱的文学,早已成了她心中遥不可及的梦。

  这么多年,因为忙于工作,抚养孩子,她手中的笔渐渐尘封、生锈。

  现在的她工作稳定,生活安宁。2017 年 2 月,她注册了一个公众号"风想留步"。她喜欢风,希望像风一样自由。

  她开始重拾手中笔,我手写我心。2017 年 3 月,风想留步根据自己的亲身经历,写下《销售电缆,我赚到人生第一个 100 万》的博文,在工程销售界引起强烈的反响,当地媒体还特意去她所在的公司采访了她。

  有人说她是销售电缆里面文章写得最好的,是写文章里面电缆卖得最好的。

  除了工作,风想留步业余时间几乎全部用来写作。真实的电缆销售经历，让更多的客户关注她了解她。

有老客户说，你多花点时间好好写文章，我这边有业务会主动联系你。因为真诚，因为才华，风想留步赢得了更多客户的支持和信任。

电缆销售成就了她的写作，写作无意中宣传了她的工作。越来越多的客户找她报价，越来越多的人关注她的公众号。

销售是我最狂的风，写作是我最静的海。风想留步说话富有感染力，给身边的人带来满满的正能量。

以前我对风想留步的了解，很浅，只限于网络和她的文字。

这次合肥聚会，风想留步如春风，悄悄潜入了我的心底。

真心羡慕她现在的生活，工作自由自在，生活丰富多彩。

更让人惊羡的，是她的容颜，还那么年轻，超过了许多80后人，皮肤富有光泽，很有弹性，笑起来也没啥皱纹。

风想留步比我大10岁，她小时候因家贫而辍学，早婚，结婚对象条件更穷，这点和我非常相似，我们都没有任何依靠。

你多大年龄日子开始过好的？我问她。

32岁，自从开始销售电缆，我就有了强烈的赚钱欲望，并付诸行动，努力实现自己心中的目标。

她的回答干脆果断。心里想了想，我32岁时还没正式开始写作。人生，真的是任何时候开始都不晚，只要你努力。

合肥一别，后会有期。或许明年，我会去湖北武汉，那时再和风想留步相聚黄鹤楼，漫步园博园。

风想留步的人生是一部打工妹成功逆袭史。她事业有成，幸福圆满，定有太多智慧，值得我好好学习。

我的人生我做主！风想留步没有任何依靠，通过自己的双手改变命运。她做到了，无关学历，无关背景。深信将来的某一天，风想留步在文学的天空，亦会大放异彩。

愿我们都活成自己的太阳，无须凭借谁的光。

**提高现代文阅读和写作成绩的金钥匙**

# 齐帆齐作品
# 阅读试题详析详解

## 15岁那年的梦想

<u>那些年，小姑娘流行学缝纫、理发，男孩子流行学油漆、木匠、装潢技术</u>，老人们都说大荒年饿不死手艺人。

看到小伙伴们都去学缝纫，大家都谈论去外面做服装，是如何如何赚钱，而我从堂哥办的工厂回来后，不知道干吗，因为家里没有钱买缝纫机，找师父还要交押金。

听小伙伴们说，一台蝴蝶牌缝纫机要420元，还得配把大剪刀，要22元，一共近450元，加上押金，对于我家来说，这是笔很大的开销。

看着小伙伴们每天骑自行车早出晚归学手艺，我的心里无比<u>羡慕</u>，那时候也不怎么懂事，天天就吵着我妈妈去买缝纫机，妈妈说家里没有钱，我就让她去借。

我说某某家很有钱，你去帮我借嘛，一直吵，一直哭不停。看得出我妈是不想去的，谁愿意<u>低声下气</u>地去问人家借钱呢！被我吵得实在没有办法，妈妈那晚才出去，找屋后人家借钱，他们家没有上学的，都已在打工，结果还是没借到钱。第二天晚上又换了一家借钱，还是没借到……

后来我妈决定坐车去我小姨家借钱，小姨家在另一个县城。我小姨父一直在山区小学当老师，在当时的环境里，相对来说收入比较稳定一点。

小姨看到我妈大老远来借钱，也知道周边肯定是借不到了，很是心酸，她拿出自己积攒很久的500元钱给我妈，还给了几个小板凳，并买好车票送我妈上车。

小姨还嘱咐我妈说不要着急，这个钱就让帆儿打工赚钱后再还。

妈妈回来可开心了，一个劲儿地唠叨还是自己家亲妹妹好，跑了那么多家，一分钱都借不到，小时候没有白带她。

还记得那天去桐城街上买缝纫机，我们挑了台蝴蝶牌缝纫机，和一把张小泉牌的21号大剪刀，还价下来，一共420元，那是我们家很像样的大物件了。

我每天小心地擦拭它，如同心头宝贝，还用布罩小心地罩起来，唯恐弄脏了它。

经人介绍到镇上一家裁缝店学习，那天，妈妈挑着缝纫机，走着送我到裁缝店去的。店里还卖布匹、床单、窗帘等，店里已有六个师姐妹。师傅30岁左右，<u>风姿绰约</u>，被称为镇上四大美女之一。她主要负责裁剪，接待顾客，做衣服及其他杂事都由几个大师姐做。

刚到裁缝店，我就是挑挑裤子的脚口边，锁锁扣子眼，或者哪里有需要拆的就拆拆，每天还得帮忙照顾师傅家的小孩，给她家洗衣、拖地，这些都是我那时的主要工作。

那一年，我并没有做过任何整件衣服，最多只是上了几条裤腰头。后来师傅热衷做窗帘生意。因为接一家单位的窗帘，就能赚七八千元。当时我们都佩服师傅，她不但长得漂亮，还非常有头脑，她是我们镇上第一家代卖布匹的裁缝，也是第一家把窗帘生意做起来的裁缝店。

(有删减，作者齐帆齐)

1．解释下列词语在文中的意思。
(1) 羡慕：＿＿＿＿＿＿＿＿＿＿＿＿＿＿＿＿＿＿。
(2) 低声下气：＿＿＿＿＿＿＿＿＿＿＿＿＿＿＿＿。
(3) 风姿绰约：＿＿＿＿＿＿＿＿＿＿＿＿＿＿＿＿。
2．请简要回答第一段画线的文字在全文中起到什么作用？
3．文中多次提到了一个有年代感的物件，请问你见过它吗？它有什么用途，请结合文章来解答。
4．请为本文另取一个标题。

**参考答案：**

1．解释词语

(1) 羡慕：看见别人有某种长处、好处或有利条件而希望自己也有。

(2) 低声下气：形容恭顺小心的样子。

(3) 风姿绰约：形容气质优雅，体态优美。

3

2. 文中第一段画线部分在文中起到引出下文的作用，通过这一段总括性的段落来引出下文中的缝纫机，以及作者为什么想拥有一台缝纫机的念想。

3. 文中多次提到缝纫机，这个有年代感的物件代表着作者所处年代，大众对手艺人的认可，缝纫机可以做衣服、窗帘等生活用品，即使当下发达的经济时代，缝纫机仍然还发挥着它的作用。

4. 儿时的梦想，或者有关缝纫机相关的标题均可，点明主题即可。

# 只和别人学，只同自己比

人世间，有很多人爱计较、爱攀比，他们喜欢盯着身边人，和他们比来比去，似乎看不到更广阔的星辰大海。

适当的比较有利于自己的进步，但过分的攀比只会让自己身心俱疲。

镇上有几位做生意的老板娘，她们喜欢一起去做美容，去逛商场，一起去健身房，表面上是一片祥和，其实暗地里互相较着劲。

背后谁也不认同谁好看，都觉得自己比对方优势多，自己的孩子更可爱更聪明，自己穿的衣服更显身材，每个人甚至都会觉得自己比对方年轻。

其实，人都会有一种幻觉，同是40岁的两个人，隔着几年遇见，总感觉对方比自己老。

犹如每对父母，就是觉得自己的孩子是最优秀、最可爱的，谁也不会认为自己的孩子比别人的孩子差，即便自己孩子的大脑智商并不高，她一样认为自家孩子小脑最发达，更有前途。

喜欢不自觉地放大自己以及和自己有关的人、事的优点，扩大对方的缺点。这是人类的共性。

而且别人所描述的，也未必就是她真正的感受，家家都有一本难念的经，生活都是喜忧参半，如鱼饮水，冷暖自知。

许多妯娌间喜欢暗暗较劲，你买了银耳环，我得去买个银镯子，你买了新上衣，我去买条新裤子。

是谁说过，女人和女人之间大多只有同情和嫉妒两种感情。这句话当然是言过其实的，但也说出了一点点现象。

电视剧《芈月传》中的芈月和芈姝开始是一对好姐妹，芈姝对芈月照顾有加，彼此掏心掏肺。却随着芈月的一步步得宠，好姐妹最后竟反目成仇，令人唏嘘。

攀比和嫉妒，让芈姝一步步走向万丈深渊。

写文字的人，有的也很喜欢同别人比较，比文章刊载了多少，刊载在什么报刊，比出版的书发行了多少万册，甚至比粉丝比人气，等等，所谓文人相轻。

这有啥好比呢！

每个人写作风格不同，写作动机不同，有的人纯粹是我手写我心，写作这条漫长道路，未来会如何都是未知的，谁也无法看到终点风景，乐观坦然写自己的作品才是正确的做法。

现在没写出名堂的，未必将来还不会，现在在业内红透了、在某个平台红火了，未必就能一直火下去，在A平台默默无闻的，或许会在B平台风生水起，写作这条路有无限想象的空间。

比来比去，最终比的是谁身体更健康点，这才是硬道理。

不管是爱攀比，还是爱嫉妒，这样的现象在生活中无处不在。它能给人压力，也能给人动力，但如何把握那个度，就需要我们去仔细斟酌。

　　<u>人生太短暂，少把焦点放在别人身上，多关照自己的灵魂，多注重自己的成长，只和别人学，只同自己比。</u>

　　多锻炼身体，早睡早起，保持好心态，开心工作，快乐生活，这是最正确的人生态度。

　　沃兹基硕德说：不论你是谁，少说都有三分野心。没什么好遮掩，野心本身就是一种追求更好生活的意愿。但太过好胜，也是一种病态。是把一切快乐都建立在输赢之上。要强的人生不争强。抗争和妥协，一样都不能少。生活就是这样，一半要争、一半要退。缺了哪一半，都难顺心。

　　生活中，有人喜欢评价和对别人指指点点，喜欢揪住别人的缺点，来满足自己的虚荣，喜欢用攀比心来掩盖内心的空虚和底气不足。

　　但我们要区别攀比和良性竞争。良性竞争促进发展，出发点不一样，满足的需求也不一样。

　　攀比多了很容易引起嫉妒，而嫉妒是万恶之源，最终的结果是损人不利己。

　　良性竞争，是带着欣赏的心态，学习他人的亮点，最终成为更好的自己。

　　**芸芸众生**，茫茫人海，比来比去何时了？少一点攀比心，多一点进取心。

　　提高格局，扩大眼界，多花心思修炼自我，专心做好自己。

（有删减，作者齐帆齐）

1. 给下面的词语写出拼音。

(1) 妯娌（　　　　）　(2) 芈姝（　　　　）

(3) 深渊（　　　　）　(4) 芸芸众生（　　　　）

2. "人生太短暂，少把焦点放在别人身上，多关照自己的灵魂，多注重自己的成长，只和别人学，只同自己比。"在文中起到什么作用？

3. 简要回答作者在本文中想要表达什么观点？

4. 试举出一个日常生活中出现攀比嫉妒的例子，并简要分析。

5. 阅读本文后，你有什么感触？请把它写出来。

**参考答案：**

1. 略。

2. 是文章的主旨句，概括全文，点明主题。

3. 作者要表达的观点是：

人生太短暂，少把焦点放在别人身上，多关照自己的灵魂，多注重自己的成长，只和别人学，只同自己比。

4. 略。

5. 阅读全文，作者通过分析和举例，不断地呈现主题思想，嫉妒伤感情，攀比伤身体，还是多和别人学，去提升自己，多和自己比，让自己慢慢进步。

## 那年陪母亲交公粮

过去粮食都要上交国库的，在封建社会叫上交皇粮，新中国成立后改名叫公粮和购粮，就是每户农民按所要求的比例上交给国家用于粮食储备，这项制度延续了有几千年。

直到2003年才正式取消了公粮、购粮以及农业税、水费等。

公粮通常是每亩50斤，必须无杂质、干燥、饱满，一半是抵农业税的，一半是无偿上交国家的。

还有一种购粮，购粮每亩上交140斤，我家摊下来需上交600多斤。有部分报酬，100斤17块。随着物价波动，有所浮动，但均低于市场价，大概折半。

当队长通知要交公粮时，每家每户都纷纷用蛇皮袋或者麻袋，装自认为最好、最饱满、晒得最干燥的稻谷。

每家大大小小的十几二十袋，天刚麻麻亮，大家用板车（架子车），或者三轮车、拖拉机，拉到离家8公里镇上的粮站。

母亲不会拉板车（架子车），家里也没有任何车。她又不识一个字，每次交公粮，都得说好话，央求同村庄人的车搭过去，如同每次的交学费，对母亲来说，对我们整个家庭来说，都是一次很大的难关和挑战。

那时，农民们积极交粮，排着长长的队伍，粮食送不送得出去，还得看粮站的脸色，质检员说你的粮食好就好，差就差。所谓好，就是粒粒饱满，成色好，晒得干燥，无其他杂质。

交公粮时各村各小队，陆陆续续、浩浩荡荡地赶向镇粮食站方向,到达镇粮站,登记排号。

我们到粮站时,大院里挤满了各村子汇集来的板车、拖拉机、稻谷、人流……正是炎炎酷日,个个都汗如雨下。

至今还记得粮站的工作人员里,有一个体形特胖的女子,据村里人讲她那时体重应该有200多斤,她负责登记看秤。工作人员中,还有的负责算账,把算盘打得啪啪响。此外,还有人在那儿开票记账。

工作人员都是吃商品粮的人,个别人一副高高在上的感觉,享受着大家的端茶端水递烟,以及羡慕敬仰的目光,庄稼人同他们说话都是小心翼翼的,我母亲更不例外。

那年,我还是个小学生,懵懂无知。跟着母亲去镇上交公粮。烈日当空,汗流浃背,人人都想早点办完回家,本分老实的母亲,明明起大早,排队是在前面的,却总是会被后面来的人插队,母亲却无可奈何,同村庄来的都陆陆续续地交掉粮食,拿着空袋回家了,有些比我们来得晚的也交完走了。

眼看着前面还有那么多人,没吃中餐的我们饥渴难耐,只能焦虑地巴望着,直到快天黑了,才轮到我们。母亲同我艰难地一袋一袋往前面挪,偶尔也有好心人上来帮我们扛一袋。

我们焦急地看着质检员用一根空心铁棍,往装粮食袋里无情干脆地一戳,很酷的模样,深度不同的稻谷通过洞洞被提取出来,然后听他熟练地往嘴里磕得吱吱响,再把剩下的往稻床上一扔,漠然地说句:"这稻不行,再翻晒个日头。"

我和母亲只得把稻谷一袋袋往一边抬,又是满头大汗。心里恨透了那个质检员,准备第二天再摊开来晒,那晚我们就在粮站的临时小矮屋里休憩。

9

晚上几家也没交掉公粮的人唉声叹气地说道，其实许多一次性顺利交掉的，并不见得他们粮食好，有的是给检验员塞烟了，有的是会说话巴结、会变通来事。

我们几家没能交掉粮食的，都肯定是各个村子里的老实人，工作人员总要做点样子给他们上面领导看，某某稻谷明明比我还少晒一天都过称交掉了，咱们明天下午能顺利交掉就算好了，这大热天的，家里还有那么多的活等着要干啊！

母亲也说道，她特意挑的是家里最好、最饱满的稻谷来的，而且比庄子里谁家晒的都干，那又能怎样呢？他们早都交掉了，估计这会儿都到家了，塞烟？家里连买一包盐的钱都要攒上好久，又是一片叹息……

幸好第二天是个大晴天，母亲又把一袋袋稻谷拖到粮站院子里摊开晒着，直到下午五点多，我们再搬去昨天那个检验员那方向，这次还幸运，总算顺利地交掉了，遗憾的是被其他人偷了一袋子稻谷。

走在回家的路上，母亲说："带着你来，就是因为你能识字，你东张西望的不定性，肯定是我抱稻谷时，后边或边上人顺手偷走了一包，那可有70多斤啊！能换多少包盐。"

随后妈妈又自我安慰道："偷掉了就偷掉了，当破财免灾吧！下次得看紧些，好在总算没让我们再留下来晒一天稻谷，稻谷也带得够量，还有今天下午插队的人比昨天也少了好多……"

后来我长大点儿，曾无数次在心里想，外婆为啥七个子女唯独没给母亲读书？还有为啥要把母亲从舒城嫁这么远？

如果在当地本镇本村，有舅舅姨们照顾点儿，总会少了很多很多的委屈，像这样被插队、被偷稻谷、被欺负的事例，在我的记忆里是不胜枚举的，有时更恨自己懂事那么晚，又不够强悍，只知道玩、好奇，不曾盯着自己家的稻谷，更恨自己没生成男儿身，不能保护妈妈。

那时候的庄稼人，尤其是我所在的皖中地带，每年的农村"双抢"时节，收割早稻、播种晚稻，能把人累得虚脱，还得乖乖地上交公粮，亲自送到粮站（到后来设了村代购点），似乎得乞求着那些吃皇粮的，看他们脸色，生怕他们不要。

如今的庄稼人，不但不用交公粮，不用交水费、农业税，国家还反倒补贴农民，而且现在老家人个个拿着田租，都不用再下田了，真是赶了个好时代啊！

（有删减，作者齐帆齐）

1．文中描述的是什么时候的生活场景，主要描写的是什么生活事件？

2．简单说明交公粮的程序和标准，从中给你什么启发？

3．作者在交公粮的过程中遇到了什么事情？如果是你，你会怎么办？

**参考答案：**

1．主要描述了农业税取消之前，作者陪妈妈交公粮的生活场景，交公粮是有年代感的生活事件，属于80后及之前一代农村人的共同记忆。

2．略。

3．略。

## 与君成悦：世间的美好都不如你

1987年出生的成悦，比我小几岁，但故事和经历并不比我少多少。确切地说，她的人生经历是丰富的。

成悦是个土生土长的壮族姑娘，家乡在广西防城港下面的一个小县城，以甘蔗为主要经济作物，县城位于十万大山北麓，可谓山清水秀，更重要的是地灵人杰。

说地灵，是因为这里环山绕水，近山近海。从县城到十万大山腹地不过四十分钟，去海边也不过一个多小时。

呼吸着十万大山的空气，喝着明江河的水，吹着港口的海风，这样绝美的环境，让这个小县城里萦绕着浓厚的文学气息。

成悦的父亲和姑姑就是被浓厚的文学气息熏蒸出来的文人。早在成悦出生之前，祖父被迁葬在风水先生所说的一块宝地里，据说迁葬是为了给家族祈福，迁葬的那个地方地处沙山环绕的穴位，真龙行止之处，容易出文豪。

也不知道是命运还是巧合，她的家族有好几个人都走上了文学道路，她的父亲在结婚后又继续深造考上大学，毕业后成了当地的语文老师，她的姑姑则是诗人。

童年的成悦乖巧伶俐，成绩优秀，在父亲的影响下，爱上了读书，她读过的第一本文学书籍就是《西游记》，还是她父亲手把手教她用新华字典边查边读完的，那时她才小学一年级，可见家庭环境对一个人的影响有多重要。

成悦从小耳濡目染，知道了读书的重要性，从初中开始就一本一本地写日记和散文。上高中后开始尝试写诗歌和小说。

都说成悦是个奇才，她自诩自己是个"跛腿"，因为成悦的文科很好，理科却相对逊色。所以，高一的时候为了扬长避短，她毅然决然地选择了读文科。

而在文科所有的科目里，她最擅长的则是语文。150分的语文，她总能考140多分，尤其是作文，经常被老师当作范文，在班上读给同学们听。

如此，因为热爱文学，高考时她毫不犹豫地选择了中文系，系统地学习了文学相关理论知识。

大一时，她开始在网络上发表文章。从此之后，一发不可收拾，整个大学时期，文学作品"横扫"校报和一些文学期刊，成了学校里小有名气的才女。

大二开始，成悦加入了学校的记者团，之后被推荐成为省报驻校记者，经常在省报上发表文章，这为她积累下了大量的文学创作素材和经验。

成悦的父亲是个中学语文老师，她的母亲在银行工作，都是工薪阶层。成悦还有一个比她小一岁的弟弟。工薪家庭，比上不足，比下有余，本可按部就班学习成长，就不会遭受贫寒困苦。然而，成悦却是励志的代表。在她的文字里，一直强调："越努力，越幸运"。

（有删减，作者齐帆齐）


1．文中提到"迁葬"，请问什么是迁葬，有何意义？

2．请解释以下词语的含义。

(1) 祈福：_____。

(2) 耳濡目染：_____。

(3) 跛腿：_____。

(4) 擅长：_____。

3．通过本文的阅读，请你考虑一下如果你的同学成绩偏科，情绪低落，你会怎么劝慰她？

**参考答案：**

1．迁葬是当地的一种习俗，为了给家族祈福。本文中描写主人公祖父被迁葬，可能给家族带来福运，家族中出了几个文字工作者，被大家认为是迁葬带来的福气。

2．略。

3．成悦的经历说明，偏科并不是死局，偏科的同学可以通过扬长避短，发挥自己的所长，走一条属于自己的道路。不过，还是尽量全面发展，别偏科。

## 靠写文字，他们实现了阶层逆袭……

王恒绩老师出生于湖北省红安县的农村，因为父母残疾，兄妹众多，家境十分贫寒。16岁的他，随同亲戚来到武汉工地干杂活，他觉得工作苦点、累点、脏点都可以接受，但没有余钱贴补家里让他很不安。于是，他重新找了份在汉口看书摊的工作，工资比之前略高，工作轻松，最主要的是还能有时间看看书，这为他后来成为作家、编剧，无形中铺垫了一些基础，那是在1988年。

从王恒绩的故事可以看出,他是一个积极好强、不断挑战的人,听人说饭店做厨师能比书摊打工收入更高,他就果断跳槽去饭店,从服务员开始干起,后又学习厨师技术。

当厨师后,工作时间相对充裕点,业余就拿起报纸杂志看文章,有一天,他和做服务员的女朋友说,也想学习写文章,女友热情鼓励他去试试。

从此,一有空他不是更加认真地看书,就是写文章,寄往一家家报刊。刚开始,投出的稿件如泥牛入海,一篇篇都是悄无声息。挫折,逐渐浇灭了他最初的热情,但女友却依然鼓励他别放弃,就这样他又坚持写了三年。

直到1992年,他的那篇有关电视剧《雪山飞狐》的读后感,意外发表了,他获得了8元的稿费,那是他的处女作,给了他极大的信心与激励,从此便一发不可收拾。

随着稿件越发越多,他在武汉也逐渐有了影响力,1995年12月16日,王恒绩的事迹上了《长江日报》,他成了武汉百万外来务工者的榜样。此后,中央电视台等中央级媒体也开始关注王恒绩,武汉著名作家池莉将他介绍加入了武汉市作协。从此,他一边当厨师一边进行业余创作。

《长江日报》的刊发,引起爱才惜才的《婚姻家庭》杂志社的关注。很快,王恒绩就放下了掌勺,走进《婚姻家庭》杂志社当编辑。能在窗明几净的办公室工作是他多年梦寐以求的梦想,也是他学习写作的主要动力。

他曾直言不讳地说,他就爱写特稿,因为稿费高,靠写作赚钱光明正大。仅2004年创作的一篇5000多字的文章——《疯娘》，就获得了多家报刊的稿费，另外还有话剧、影视版权费，前后获得了20多万元的收入。这篇作品是以他舅妈为原型创作的。他说当时边写边哭，感觉这篇文章很不错，会有社会反响，但结果的火爆还是远远超过了他的想象。

他的那篇2500字的《三袋大米》，同样感动了无数人，同样也是反响极大，改编电视、电影，去年曾看到他空间有条说说提到三袋米的话剧版权费用，有人留言评论，称他的《三袋大米》早已变成了三袋钱啦！

因走上创作这条路，他走遍了祖国的大小城市，还去过近20个国家，从一个早早辍学的打工仔到杂志编辑、作家、编剧，这算不算是实现了阶层逆袭呢？

红娘子从小是外婆带大的，是个80后，17岁那年去广州当酒店服务生，因不甘心一直过这样一眼能望到头的生活，她利用业余时间开始学习写作，兜里每天揣着个小本子，有灵感时就快速记下来。

夜深人静时，同事们都睡着了，她就开个小台灯，不停地写呀写，写上两三小时才肯睡，再把写好的文字带去网吧敲打下来，发在各网站论坛。就这样坚持了三年，开始见到了写作的曙光，陆续有编辑找她写专栏或出书。

成名后的红娘子说，当时她只想奋力改变自己的命运，而写作是门槛最低的职业，不分性别年龄，学历高低，只要你认识些字，读过几本书，手头有纸笔，有倾诉欲望，人人都可以实现写作梦的！

红娘子曾多次在写作群里说，那时候大家对网络写作抱着观望态度，许多人在河边看着，有的走几步又退回来，而她是属于那种胆大先过河，并坚持到底的人。

很喜欢她在QQ空间写过的一段话："一个写作者，如果没有写过几百万字失败的作品，也就根本没有资格去想成功这件事，就好比剪纸，在早期练习的时候，一定会剪坏掉许多的纸，但没有这些剪坏的纸，你就不可能培养出手感，将自己的作品变成好的，如果，你只是眼高手低，永远站在旁边观看，只知道别人剪坏的作品，却从来不敢亲自动手，这是最可悲的，别人剪坏了，还有机会变得更好，而只看不做的人，永远没有机会变好。"

现在红娘子有自己的公司，写书、编剧、出版经纪人等多种身份，她说每天早上起来写作三小时，就足够让她生活得很好了，（她是属于写得又好又快的那类人），其他时间她可自由安排！

我记得红娘子老师曾在文章中说过，当年跟她一起写作的有很多本科生、硕士生，为什么他们没有坚持下去，因为他们可选择的行业较多，写作这事起步时着实是太慢了。

她说自己没有学历，没有背景，唯有死磕到底。她曾在分享会上说，她从小到大没任何优势，学习不好、长相一般、家境贫寒，是从写文字开始，她逐渐找到了人生方向和自信。

不管是三年一个逆袭期的说法，还是至少写下百万字，愿你我都能坚持到底。

（有删减，作者齐帆齐）

1. 文中的主人公是谁？简要概括一下他们的故事。
2. 我们可以从上述故事学习到什么精神？
3. 简要回答此故事给你的启发。

4. 文中描写的红娘子是如何成功的？

5. 通过阅读红娘子的故事，你受到什么启发？

**参考答案：**

1. 主要描写了王恒绩、红娘子两人靠写作逆袭的故事，家境贫寒，工作清苦，可是对文字的热爱和坚持，让他们的人生走向了罗马大道，这一路有多少辛酸和汗水，只有努力的人才会知道。

2. 不怕吃苦，奋力拼搏，不放弃一丝希望，有梦想有希望地生活着，梦想总有一天会实现。

3. 略。

4. 红娘子靠着不停地写和不断的坚持，又好又快地成为写作路上的成功者，这些坚持是长年累月地输出，不怕写得不好，就怕不肯动笔，她用自己的文字写就了自己成功的人生，有了自己的公司，成了作家、编剧和出版经纪人。

5. 只要认准一个方向，就不要放弃朝着目标努力，不断地去前进。不要妄自菲薄，不要放弃自己，只有努力过失败过，才知道成功的滋味。

## 陕西"三毛"，从落榜生逆袭成知名作家

高考落榜后，家人安排沉香红去甘肃平凉某建筑工地看护搅拌机。

一年后她被调回到西安总公司（国企），做仓库保管员，后

来还做过宣传科、销售科的工作。尽管工作忙碌，但沉香红不忘写作，为了文学梦，她自考西安某所专科读中文系，每个周末去上课。

2010年，中国援助非洲铁路建设，他们公司需要安排一批人前往安哥拉，别人躲都躲不及，她毫不犹豫地去报名，她向往三毛曾去过的地方，她希望遥远的非洲能成就她的写作梦。

父母为打消她去非洲冒险的念头，收起证件阻止。她母亲无数次哭闹，找家族长辈们苦口婆心轮番劝说，但香红最终还是把她妈妈说服，把所有人说服，她觉得那是她人生里的机会、机遇，势必要抓住，那是她心中神圣的殿堂。

半年后各种手续办妥，她跟随公司工程队上了飞机，经过二十多个小时的飞行，飞机停落在安哥拉机场，周边萧条荒芜。

那一刻，她心里有一丝丝恐惧，或许她的选择就是无知者无畏，她开始有点理解父母为何那么强烈反对了。

安哥拉是一个战后重建国，物资极度匮乏，艾滋病、霍乱、疟疾、没有排除干净的地雷、蟒蛇、蜘蛛、毒蝎，时有发生的持枪抢劫。在那里，随时都可能出现生命危险，让人胆战心惊。（她有同事在那边丧生。）

在国内说好，香红来安哥拉从事办公室文员工作，谁知竟安排她负责仓库清点工作，给施工单位发放物资，每天从港口运来上万种货物，夜里还时常要在码头值班，卸下远洋船拉来的物资。

她学会了开叉车、上货、拉货。工作的繁重远远超出她的想象，比在国内要累好几倍。她说，既然是自己的选择，咬牙也要把路走完。

每天和黑人们打交道，那些人一言不合就动用暴力，原始又野蛮，她就曾莫名其妙挨过一巴掌。

沉香红在艰苦的安哥拉待了将近两年，繁忙之余，她就挤出时间写文章、写日记。

回国时，她将12万字的稿件，装进沉甸甸的行李箱，带着对家人的想念、身体的疲惫，还有心灵的归属感，回到了自己的家乡陕西西安。

回家后，她开始整理在非洲的稿件，23岁的沉香红很快就出版了她的首部散文集《苍凉了绿》，陕西数十家媒体和网络平台对此进行了报道，大家亲切地称她为"陕西三毛"，她的写作之路从此繁花盛开。

(有删减，作者齐帆齐)

1. 文中的主人公是谁？简要概括一下她的故事。
2. 我们可以从上述故事学习到什么精神？
3. 简要回答此故事给你的启发。

**参考答案：**

1. 文中的主人公是沉香红。高考成绩的不理想让沉香红和大学无缘，后来她去社会上工作。在工地看护搅拌机，辛苦可想而知，可是她并没有害怕。更加不可思议的是，她去了三毛曾经去过的地方，在那里安放自己的青春，书写自己的心路历程，终于在23岁出版了个人首部散文集《苍凉了绿》，她的写作之路从此繁花盛放。

2. 上帝关上一扇门，一定会为你打开一扇窗。不要失望，不要害怕，勇敢地去追逐自己的梦想，认定了就去追，就如文中的主人公一样，用勇敢、拼搏、坚持、努力的精神去绽放自己的青春之花。

3. 略。

## 吧啦和雪小禅的故事

2010年，吧啦在四川文理学院读大二，每个周末都会去新华书店，有一回，她偶遇雪老师的散文随笔集《刹那记》，从此结下了一生的缘分。

吧啦说："从未有一位作家的文字让我如此疯狂。读后，如同中了蛊一般深陷下去。"吧啦开始在网络上疯狂地搜索关于雪老师的文字与信息，日日研读。为了能给雪小禅老师留言，她注册了新浪微博。

吧啦十九岁生日那天，在微博给雪老师留言，奢望着能得到她的祝福。雪小禅有几十万的粉丝，能得到她的一句回复，该是多么异想天开的事呀！意想不到的是，雪小禅竟回复了！吧啦说，那个生日，她永生不忘。

2012年的三月，吧啦第一次给雪小禅写信。一笔一画写了整整六张纸。

"小禅姐，喜欢您的文字已经有三年了，走进您的文字世界，就像走进了一片开满红色杜鹃花的山谷，清幽境界中可寻得一种生的浓烈。

我的梦想是读研，当老师，然后出书。若这一生能活得如您一般丰盛，那我也就不虚此生了……"

吧啦托北京的文友去中国戏曲学院，事先打听好雪老师的上课时间和地点，然后让文友将信亲手交给雪老师。

2012年，吧啦参加完陕西科技大学研究生考试后，得知雪老师在天津有签售会，她果断买票前往，别人说她是追星，她说："不，我是看我的姐姐。"

之前只写过邮件和书信，这是读者与偶像第一次见面。雪老师记得吧啦，给了她一个大大的拥抱。在书的扉页上，雪小禅写道："吧啦，你来了，便是春天。"

吧啦对雪老师的爱是深沉的，去台湾研修时，她寄很多特色物品，包括手写信给雪老师，到各地旅行也不忘寄当地特产。

雪老师的每一年生日，吧啦都会收集数百份全国各地禅迷的祝福，然后分门别类送给雪老师。除此之外，吧啦还收集了雪老师所有年龄段的照片，做成水晶相册。吧啦还主动帮雪老师设计书签、讲座海报，为雪老师拍摄书中插图照片，她拍得最多的人就是雪小禅，她说要当她的照相馆，一直拍到老。

吧啦的研究生毕业论文与毕业设计都是关于雪小禅的，她反复阅读了雪老师已出版的五十几本书，一本本看，一边读一边细致地做笔记，并写下了几万字的论文。

吧啦毕业设计的作品，全是为雪小禅设计的文化产品：明信片、印章、茶杯、壶、包、信封、手机壳、书简……这些作品，摆满了几平方米的展台，既彰显了雪小禅的艺术成就，也彰显出吧啦的设计才华。

毕业展结束后，吧啦把这些设计样品打进行李箱，然后坐火车送到雪老师家里，雪老师感动得热泪盈眶。

追随一个人能做到这份用心周到，也唯有吧啦了。

这之前，出版过五十多本书，得过老舍散文奖的雪小禅，未曾给任何人写过序言，但她却为吧啦破了例。

在吧啦出版的第二本书的序里，雪老师写道："算起来认识七年了，那时她还是小孩子，自称是我的粉丝，寄来礼物白衬衣，还有她的日记……她从一个稚气的小姑娘到下笔从容的写作者……她无论去哪儿，都寄来土特产，湘西的辣酱、腊肉，西藏的藏香、银镯子，台湾的雨伞……她的文字有灵性，有深度，有张力。她艺术的才华闪着动人的光，却始终保持着低调谦逊的温度，谦卑者的姿态，在她这个年纪我不如她……"

吧啦从雪小禅几十万粉丝中脱颖而出，千山万水去听雪老师讲座，去她家为她拍照，成为雪小禅公众号主编、御用摄影师，从粉丝一路追随成为好姐妹，学生，师徒，又似母女。

雪小禅有次听陈丹青先生的讲座，被陈先生对恩师木心的深情所打动，她说："吧啦，等我老了，希望你依然在身旁。"吧啦坚定地回复："我会一直都在，不离不弃。"

（有删减，作者齐帆齐）

1. 请用简洁的语言概括本文。
2. 文中的偶像力量给吧啦带来了什么变化？
3. 请给本文另取一个标题，并简要说明理由。

**参考答案：**

1. 文中描述了吧啦和作家雪小禅之间亦师亦友、如师如亲人般的一种友谊，以及吧啦通过对作家雪小禅的喜欢而萌发的对文学更炙热的追求，她也走上了文学的道路，并出版了个人的文学作品。

2．和社会上的追星不同，吧啦通过对偶像雪小禅的喜爱，不断地提高自己的文学水平，和作家成了良师益友，这是偶像力量给予她的支持，她才能走得更好更远。

3．吧啦不追星，爱的是文学等均可，只要表达出吧啦和雪小禅之间的单纯友谊，并且这种友谊促使吧啦成了作家，过自己想要的生活即可。

## 在北欧生活的庶人米

出生于单亲家庭的庶人米应聘到一家外企做行政工作，工资收入没有那家电子科技公司高，但福利很好。只需坐3站地地铁。也就是在这家公司，她得到了出国学习工作的机会，喜欢远离家乡的她，自然抓住了这次机会，并无比珍惜。

2010年，她到挪威的第一年，报名语言学校，学习了一年的挪威语后，又学习了医疗护理专业，并拿到了当时最高级的证书。

她一周3天在健康站的老人院做助理。2天去学校读大学预科的课程，数学和历史课。

她曾以学生的身份报名参加了当地的学生部志愿者，主要参与所在地发展青少年文化生活的交流活动，对日常生活不便的人给予帮助。

挪威志愿者每两年会举行一次国与国之间的文化生活体验活动，有一次年会，要去体验和帮助俄罗斯一个小城市生活不便的人。

挪威和俄罗斯是邻国，为了节省经费，他们乘坐客车从挪威出发，经过十多个小时车程，到达挪俄边界挪威一侧的城市Kirknes。又从Kirknes坐7个小时客车到达目的地。

这次活动，后来登上挪威当地报纸的头版。挪威是一个非常注重教育的国家，对于学生的课外业余活动，也都是依学生本人的意愿而来。在挪威，这种针对学生的志愿者组织有很多。

活动最后一天交流结束后，安排了半个小时与市长座谈的时间，分享了俄罗斯未来几年教育发展的规划，市长热情解答了志愿者们的提问。

无论在挪威，还是在俄罗斯，此次活动，说旅行也好，帮助也好，是她人生的一个重要体验，在体验人生的同时又帮助了别人，感动了自己。人生何尝不是一个体验过程，也是一个帮助他人、帮助自己的过程。

经过这几年在挪威的不断学习积累，庶人米不管是在精神还是物质上，都得到了很大的提高。她说，不逃避困难，或许是一种无言的挑战，成功与否就是要看你能否坚持，能否坚定地走下去。

近两年，她已有足够的资本开始去旅行，她去过的国家有很多，俄罗斯、瑞典、丹麦、挪威、波兰、西班牙、芬兰、荷兰、拉脱维亚，还有三毛和荷西生活过的大加纳利群岛，她的梦想是要走遍100个国家。

随着年龄的增长，她逐渐学会了安慰自己：世界上不只我一个人是单亲家庭长大的孩子，上天总会换个方式把那缺失的爱弥补回来，她也早已原谅了父亲。

她说，一个人，不管是在亲情、友情、爱情里如何备受打击、伤害，也一定要相信并热爱人生。

从此，她重新调整心态，再次握笔，把那些在心底里被岁月尘封的话语、那种难以启齿的伤痛，一一用文字展现。

庶人米在网络上发表了许多文章，有曾经的伤痛，有书评，更多的是她外出旅行的游记。从她文中的图片里，看到国外的各种特色建筑、教堂、政府官邸、自然奇观等，让人有一种心灵的震撼，跟着她的图文旅行，让人大开眼界。

据说，挪威是世界上高收入国家之一，也是人均寿命最高的国家之一。这一切源于独特的地理位置、优越的自然资源。挪威出产大量的三文鱼、北极深海鳕鱼、鱼油及很多高营养食物。

从庶人米的文字里知道，挪威从每年的6月份开始，就进入无黑夜季节，是真正的"日不落"帝国。有时半夜醒来，可以见到孩童们在玩耍，见到一群晒着太阳、喝着咖啡的人们。

大家忘却了白天与黑夜，这里你可以真正体会到什么叫阳光明媚，你可以24小时享受太阳光的普照，也可以午夜狂玩、醉生梦死。因为没有黑夜，人们失去了恐惧感，也失去了对黎明与光亮的期盼。

挪威被称为美到让人窒息的国家，庶人米能来这里工作学习，她觉得是一种很好的机遇，是一种冥冥之中的缘份。

最喜欢看她发的旅行照片，我不但认真仔细地看，还把她所拍摄的绝美图片保存下来。

庶人米是我的第二期学员，能认识她也是一种缘分。她有强烈的倾诉欲,开课才几天,她已经写了6篇文章,她认定某事,就坚定地去执行,她是知道自己要什么的人。

她很有写作灵气,很多文章都上了简书首页,还得过征文三等奖,不久又签约了四家大型微信公众号。她说曾经拆解研究过我之前发表的所有文章,也经常研究时下各种较大的微信公众号的文字。看得出,她要在文学的道路上坚持走下去,不管每天多累,她都坚持写两篇文章,前不久还有两家出版社找她谈出书的事。

希望她能继续多写各国的名胜古迹,多拍各地标志性建筑及一切美图,给我们带来视觉的盛宴与美的享受。

远在北欧的庶人米,愿我们有更深的缘分,能见见面,聚聚会,也深信她会在文学的路上越走越宽广。

(有删减,作者齐帆齐)

1. 庶人米去过哪些国家,她的梦想是什么?
2. 庶人米,凭借什么在挪威定居,请简要分析。
3. 庶人米的故事给我们什么启示?

**参考答案:**

1. 她去过的国家有俄罗斯、瑞典、丹麦、挪威、波兰、西班牙、芬兰、荷兰、拉脱维亚等国家。庶人米的梦想要走遍100个国家。

2. 凭借她个人的努力,她靠着自己的双手创造出属于自己的幸福生活,而这些幸福背后是她的默默努力和付出,2010年,她到挪威的第一年,报名语言学校,学习了一年的挪威语后,又学习了医疗护理专业,并拿到最高级证书。她曾以学生的身份报名参加了当地的学生部志愿者，主要参与的是所在地发展青少年文化生活的交流活动，对日常生活不便的人给予帮助。她认定某事，就坚定地去执行，是知道自己要什么的人。

3．略。

## 她把乡野生活过成了桃花源

一紫所在的工地，到处机械轰鸣，工作、生活的活动板房几乎不隔音，她为了找处安静地方录制她创作的散文音频，常常要专门跑到项目部附近的山上小树林里录。

她说，那情那景，不需要背景音乐，也已醉人。

有次正录得酣畅。"咩……"一群羊欢腾着闯了过来，直朝她怀里奔，吓得她撒腿就跑，音频录音只得前功尽弃，虽然遭遇如此种种，但是她依然乐此不疲。

她说，工地项目部的凌晨，十分静谧，院子里熟睡的大黄狗，夜空的皓月，都使她十分心安。

还记得，大约是那年的六七月份，有一阵子，我常在她的文字里看到密不透风的痛苦、挣扎。

我不知道在她身上究竟发生了什么？只感觉她像一只被困在玻璃瓶里的蝴蝶，拼命扇动着翅膀，却怎么都飞不出去。

我仿佛从字里行间看到了她的绝望和煎熬。

在之后的聊天中才得知，那是她生命里最抑郁的日子。经历了一些事，加上治疗多年的甲亢复发了，生活步步紧逼，她整夜整夜地失眠。她一个礼拜瘦了10多斤，一夜之间老了许多。

在这最难的时候，她甚至想过要放弃自己，甚至在暗夜里思考过人活着有没有什么意思？

命运把她逼到了绝望又黑暗的罅隙里，她没有别的办法，只有拼命拼命再拼命地码字。所以，她的文字大多是朝内心里探索，而后寻找自我、救赎、成长。

直到她写出了这样的话：死是什么呢？为什么非要用肉体的离去来结束这一世？何不与自己今生的灵魂做个告别？还依旧在这具肉身中愉快度过自己的一生。

生命里的每一次苦难都要亲力亲为。

我至今不知道她到底经历了什么？但都不重要了。我只知道，她完成了自我的救赎，这是她正式开始写作的缘由。

后来，她用"生死大关"四个字轻描淡写地对那段经历一笑而过，或许，这世间并没有真正的不可跨越的痛苦。

但我知道，她这一笑而过，是经过大痛苦，才有的大释然啊。

亦舒曾说过，人一定要受过伤，才会沉默专注，无论是心灵还是肉体上的创伤，对成长都有益处。

工地生活是压抑而枯燥的，荒郊野外，单调沉闷，待在几平方米的活动板房里，每天面对的是偏僻的项目部、工人、机械、满目的大山。

日复一日，年复一年。在那样的环境里，个别人抱怨、荒废、得过且过。

可一紫却说，人生的大舞台上，没有浪费这个概念，也不应该有这个概念。人生每一份经历都是有用的，每一种环境都有它存在的意义。

在云南那荒凉的大山里，她阅读、写作、修篱种菊，把工地生活过成了自己的桃花源，结庐在人境，而无车马喧。

因为写作，她把自己的一生过成了两辈子。一生，活在俗世里。一生，活在理想中央。白天在俗世上班，晚上她在理想中央过另一生，一个人在办公室里看书、写作，她觉得自己的生命比别人丰厚了很多。

一紫说，2017年，她迎来了自己的觉醒时刻，觉醒之前，她是为别人为这一个俗世而活着，觉醒之后，她的每一天再不会违心而活。

她始终知道自己想要怎样的生活，她活得清醒而澄澈。当然，她也彷徨挣扎过。

有一次，在大雨滂沱中，她奔跑着，大自然歇斯底里地像是要摧毁掉世间万物，也浇砸着满心郁结的她。

在大雨中奔跑完不久，她辞了职。离开待了八年之久的工地。这八年，分别是在湖南三年，河北两年，云南三年，这也是她人生里最美好的青春年华。

八年，她在荒野风霜中，积蓄力量，所以依旧能绽放如莲。

因为常年在家乡自媒体开设有专栏，辞职后的一紫，很快被一家文化公司所发现，聘她为运营总监，所有人都为她开心，因为她正一步步地接近自己的梦想。

没想到，2018年3月的一天，她在西安城的街道上跑步，跑了一下午，又做了一个决定：辞掉了文化公司总监的职位。

提出辞职后，公司老总一再挽留，甚至不惜给到她49%的股份。可她还是要走。理由只有一个，她想安安静静地看书、写作。

老总生气地说:"你就是为了这个?为了这个?我不信!"彼此沉默了一会。

他接着说:"我知道你有个心愿,想出版自己的书。这方面我有资源,可以帮你啊。你为何一定要走?"

可一紫,她还是走了,舍弃了这一切。

如果说,她之前辞掉在我眼里很高薪的工作,已经够让我吃惊和惋惜了,现在她又放弃了让无数人羡慕的大好机会。

她说:"齐齐,你知道吗?我真的害怕自己以后会变成一个商人,而不是一个写作者。人应该有拒绝的能力,拒绝哪怕最好东西的能力,你说是不是?"

她说过的这段话,我记忆犹新。

虽然替她感到惋惜,放弃那么好的机会和前途,但我是她闺蜜,我懂,我信,她真的只是为了安静地看书写作,才做出这一切,她害怕自己真的变成一名唯利是图、远离文化的商人。

(有删减,作者齐帆齐)

1. 请解释下列词语。
(1) 罅隙:_____。
(2) 生死大关:_____。
(3) 释然:_____。
(4) 觉醒:_____。
2. 文中"结庐在人境,而无车马喧"出自哪里?
3. 文中的一紫的生死大关是靠什么度过的?简要分析。

**参考答案：**

1．（1）罅隙：缝隙。

（2）生死大关：生死存亡之际，生与死的关口。

（3）释然：形容疑虑、嫌隙等消除而心中平静。

（4）觉醒：是一个并列的合成词，均为从睡梦中醒来的意思。

2．出自魏晋陶渊明的《饮酒》篇。

3．略。